Don verwandelt sich vor den Augen seiner Frau in einen Baum. Ronda hält Goldfische, die nicht bleiben wollen. Die Zwillinge aus dem dritten Stock sind gar keine. Doch von Toni und Bell wissen alle. Die Menschen in Nummer 29 sind seltsam verschworen, kennen sich dabei kaum und teilen längst nicht jedes Geheimnis. Es gibt einen unbemerkten Mitbewohner, der sich im Aufzug einnistet, es gibt ein Kind, das sich durch Mauern beißt, und eine Wohnung, die ihre Mieter förmlich verschluckt. Rita, fast so alt wie das Haus selbst, sieht, was keiner zeigt, und sie versteht, was keiner sagt. Doch bevor sie ihr Wissen unter den Nachbarn weitergeben kann, ist die kleine Maia auf rätselhafte Weise verschwunden.

JULIANA KÁLNAY, , geboren 1988 in Hamburg, wuchs zunächst in Köln und dann in Málaga auf. Sie veröffentlichte in deutsch- und spanischsprachigen Anthologien und Zeitschriften und erhielt das Arbeitsstipendium Literatur der Kulturstiftung des Landes Schleswig-Holstein 2016. Sie lebt und schreibt in Köln. Ihr erster Roman »Eine kurze Chronik des allmählichen Verschwindens« wurde mit dem aspekte-Literaturpreis 2017 ausgezeichnet.

Juliana Kálnay

Eine kurze Chronik des allmählichen Verschwindens

Roman

btb

»Das Haus würde fertig sein,
wenn alles Innenwelt geworden wäre.«
César Aira: Gespenster

Prolog einer Bewohnerin

An dem Tag, an dem meine Mutter von einem vorbeihuschenden Schatten so erschreckt wurde, dass sie auf der Treppe die Kiste mit dem Geschirr fallen ließ und die bunten Scherben über die Stufen sprangen; an dem Tag, an dem mein Vater, vom selben Schatten überrascht, einen Schrei ausstieß, den man angeblich noch drei Straßen weiter hören konnte, und sie beide in das Haus mit der Nummer 29 zogen, wurde ich geboren. Zumindest erzählten sie das, wenn ich sie fragte. Sie sagten: Rita, wie du mit uns in dieses Haus kamst, zwischen Kisten und Scherben. Fragte ich nicht, erzählten sie etwas anderes, aber darum soll es hier nicht gehen.

Damals stand das Haus fast leer. Später zogen weitere Bewohner ein, und es wurden sehr viele. Fast dreimal so viele wie in den letzten Jahren wohnten früher hier. Mit der Zeit wurden es dann wieder weniger. Einfach so.

Als meine Eltern starben, hatte der Rolmar, den später alle den Alten nennen würden, gerade gelernt, vom Balkon heraufzubrüllen, wenn jemand kam. Oder war er erst danach eingezogen? Jedenfalls konnte er irgendwann auch die Fassade hochklettern von unten bis in den obersten Stock und dann durch ein Fenster rein, nur mit einem Strick um den Bauch gebunden, der an der Balkonbrüstung befestigt war.

Trotzdem, wann immer jemand davon erzählen will, was geschah in dem Haus mit der Nummer 29, meint er meist die letzten Jahre. Vielleicht, weil in dieser Zeit mindestens dreimal so viel geschah wie in den Jahren zuvor.

Ich sehe nicht alles, was in diesem Haus vor sich geht. Manchmal sehe ich etwas auf der Straße, da fällt etwas herunter, man hört einen lauten Knall und dann wird es wieder still, bis alle darüber reden. Manchmal sehe ich etwas auf der Straße, wenn es nicht zu kalt ist und ich auf dem Balkon bin, tagsüber.

Ich habe einen Spiegel aufgestellt auf dem Balkon. Einen großen Ganzkörperspiegel mit Rahmen gegen die Wand und parallel zur Brüstung gelehnt. Wenn man hineinschaut, kann man ein Stück von der Straße sehen, ohne sich hinunterzubeugen. Er spiegelt das Sonnenlicht und könnte die Autofahrer blenden, doch bis jetzt ist noch niemand verunglückt.

Manch einer hat Dinge erlebt in diesem Haus, die andere vielleicht als ungewöhnlich betrachten würden. Manchmal reden alle durcheinander und fallen sich ins Wort. Und manchmal, wenn etwas geschehen ist, das alle betrifft, frage ich herum und versuche herauszufinden, wie es dazu kommen konnte. Denn alles habe ich nicht gesehen in diesem Haus.

Rita? Bist du es?

Erdgeschoss, rechts: Maias Löcher

Als Maia verschwand, hatten wir uns zuerst nichts dabei gedacht. Maia verschwand des Öfteren. Manchmal auch für längere Zeit.

Schon immer hatte sie gern Verstecken gespielt. Wir fanden sie dann nach langem Suchen in der Badewanne hinterm Vorhang, im Backofen oder in der Waschmaschinentrommel. Später fing sie an, Löcher zu graben. Sie grub Löcher in den Sandkasten, bis sie mit ihren Fingernägeln auf Beton kratzte. Sie grub Löcher in den Garten und setzte sich hinein. Sie grub drüben im Park und draußen hinterm Haus. Sie grub sich mit ihren Händen durch Sand, Schlamm oder Blumenerde. An ihrem Haaransatz klebten am Abend meistens noch Erdkrümel.

Maias Löcher wurden mit den Jahren immer tiefer. Oft setzte sie sich in ihr Loch hinein, deckte es mit Laub oder Zweigen zu und blieb dort, bis wir sie suchten, oder aber bis jemand über sie stolperte. Wir hatten es schon lange aufgegeben, nach ihr zu rufen, wenn sie verschwand. Sie hätte uns nicht geantwortet und wäre ebenso wenig freiwillig aus ihrem Versteck gekrochen. Maia hat fast nie gesprochen, sie brauchte es nicht. Wenn sie etwas mitteilen wollte – und das kam sowieso nur selten vor –, verstanden wir sie auch ohne Worte.

Als der Nachbar verschwand, suchte niemand nach ihm. Aufsehen erregte im Haus allein der Baum, der eines Tages auf seinem Balkon stand. Wir aber suchten lange nach Maia. Am Abend hatten wir sie noch nicht gefunden, und als sie drei Tage später immer noch nicht da war (mehr als zwei Nächte hatte sie bisher nie in einem Loch verbracht), fingen wir an, uns Sorgen zu machen. Wir wussten nicht weiter und taten schließlich das, was wir aus dem Fernsehen kannten: Wir riefen die Polizei, ließen Maias Foto in der Zeitung drucken und hefteten es an Laternenpfähle. Die Polizei brachte Spürhunde mit, die an Maias Wäsche schnüffelten, und wir liefen mit ihnen jedes Fleckchen Grün an den Straßen ab. Mit jedem Tag, der verstrich, wuchs mit unserer Sorge auch der Suchradius: Längst waren auch die Parks und Gärten der Nachbarviertel durchforstet worden. Blätter und Zweige mit Erdbröckchen hatten sich in unseren Haaren festgeklettet. Von Maia aber fehlte immer noch jede Spur.

Die Kinder im Haus

Die Kinder im Haus sagten, Maia käme dorther, wo es immer Nacht sei. Sie sagten auch, sie hätte die Hände eines Tieres, und wenn sie spreche, müsse man sich die Ohren zuhalten, so schrille Töne gebe sie von sich. Doch darüber konnten wir Älteren nur den Kopf schütteln. Wenn sie wirklich Töne von sich gebe, erwiderten wir, müsste dies in so hohen Frequenzen sein, dass unser Gehör sie nicht mehr wahrnehmen konnte.

Manchmal kamen die Kinder abends mit erdverschmierten Fingern und Fußsohlen nach Hause. Sie sagten, sie hätten mit Maia gespielt. Verstecken nannten sie es. Doch Maia fanden sie dabei nie, und wir konnten uns nicht vorstellen, dass sie jemals nach ihnen suchte.

3. Stock, links: Blütezeit

Nachdem die Saat gepflanzt ist, muss sie regelmäßig gegossen werden, damit sie kräftig und gesund wächst, hatte ich einmal gelesen. Ich schluckte jeden Tag eine Tablette mit einem Glas Wasser hinunter. Der Doktor hatte gesagt, nur so könne ich wieder aus mir herauswachsen, nachdem ich mich den ganzen Winter über zu den Kartoffeln in den Keller verkrochen hatte.

Ich nahm meine Tabletten täglich und morgens ein warmes Fußbad – mir war irgendwie nach Wasser unter den Zehen. Als im März meine Fußnägel allmählich grün wurden, hörte ich damit auf. Da alles Schrubben und Feilen nichts half, schnitt ich die Nägel mit einer Gartenschere ab. Manchmal denke ich, ich hätte das besser nicht getan. Sie wuchsen daraufhin kräftiger nach und erinnerten in ihrer Beschaffenheit an pflanzliche Triebe.

Einen Monat später kitzelten mir die längsten Sprossen die Knie, als würde ich durch hohes Gras laufen. Wenn ich nieste, schoss grüner Pflanzensaft aus meiner Nase und aus meinen Ohren wucherte es nur so.

Meine Frau Lina, stolze Besitzerin eines grünen Daumens, die sich schon immer einen Garten mit Laubbäumen gewünscht hatte, stellte mich auf den Balkon. Sie sagte, nur dort bekäme ich genügend Sonne ab. Meine Frau war es auch, die mir täglich Wasser in die Stiefel goss, als im Herbst meine Zehen Wurzeln geschlagen hatten und eine mächtige Baumkrone mir die Sicht versperrte. Sie löste meine Tabletten im Gießwasser auf und summte mir unbekannte Melodien vor, während sie mir die Äste ins Gesicht kämmte. Als ich den Stiefeln zu entwachsen drohte, zerschnitt Lina Leder und Sohle, bevor sie mich in einen wannengroßen Topf pflanzte. Meine Wurzeln konnten wieder atmen. Sie krallten sich in die feuchte Erde, über der meine Frau ein paar Tabletten zerbröselt hatte. Ihre Melodien änderten sich nicht.

Im darauffolgenden Frühling brüteten in meinen Achselhöhlen Rotkehlchen, und im Spätsommer besuchten mich die Kinder aus dem Viertel täglich, um von den Früchten, die ich trug, zu kosten. Nachmittags kochte Lina daraus Marmelade, deren Geruch zum Fenster herausströmte und die ganze Nachbarschaft anlockte. Sie erzählte mir, noch ein paar Tage vor ihrem Verschwinden hätte sie Maia ein Glas geschenkt.

Ich kann mich nicht erinnern, dass in unserer Gegend je ein Baum so beliebt gewesen wäre. Es dauerte nicht lange, da gingen die üblichen Engagierten mit Unterschriftenlisten herum. Ich sollte als Sehenswürdigkeit angemessen ausgeschildert werden. Die Anzahl derer, die mich besuchten, wuchs genauso prächtig wie mein Blattwerk. Bereits im nächsten Frühjahr konnte ich der Besucherschlange bis quer über den Bürgersteig Schatten spenden. Obwohl ich anfangs meine Zweifel gehabt hatte, muss ich zugeben: Der Doktor hat recht behalten. Doch daran, dass ich früher selbst durch die Straßen gelaufen war, konnte sich bald niemand mehr erinnern.

1. Stock, rechts: *Was Rita sagte*

Rita sagte nicht viel, als Maia verschwand. Sonst hatte sie immer etwas zu sagen, kommentierte alles, was in diesem Haus geschah, auch wenn man nicht fragte. Es war besser, wenn man sie einfach reden ließ. Dann konnte es geschehen, dass Rita Dinge erwähnte, die sonst niemand wusste und von denen auch Rita eigentlich nichts wissen konnte. Manchmal sprach sie in Rätseln, die man nicht verstand. Don, was hast du nur heute für ein Obstgesicht!, rief sie, wenn sie ihn die Treppe hinuntergehen sah, und alle, die es hörten, runzelten die Stirn. Mit ihren Worten kannte sie kein Erbarmen, das sagte vor allem E. Wo denn Don neue Wurzeln geschlagen habe, fragte Rita einmal Lina im Hausflur, und E. spitzte die Ohren (wie er immer die Ohren spitzte, wenn es um Lina ging), und fast konnte man meinen, dass Rita wusste, worum es eigentlich ging, und nur in eine Kerbe schlagen wollte, doch Lina lächelte und erwiderte: in seinem Topf, wo denn auch sonst, und allen, die zuhörten, war es, als würden die beiden in einer geheimen Sprache sprechen.

Rita sagte nicht viel, als Maia fort war, als die Mitglieder ihrer Familie von den vielen Nächten, in denen sie die Grünflächen der Nachbarschaft nach Löchern absuchten, einheitlich dunkle Augenränder bekamen. Löcher seien das Salz in der Suppe, sagte Rita. Sie sagte: Über Löchern wohnen wir. Sie sagte: Einmal nahm ich sie an die Hand und führte sie hinters Haus. Den Namen Maia sprach sie nicht aus und sie erwähnte auch nicht ihr Verschwinden. Es war, als schwiege sie sich Maia zu Ehren darüber aus.

Stattdessen sagte sie anderes, und vieles davon verstanden wir nicht. Sie sagte: Linas Marmelade. Sie sagte: Es ist kalt geworden, mach doch einer ein Feuer irgendwo. Sie sagte: Es ist kalt geworden, ich sollte wieder anfangen zu stricken, bevor es noch kälter wird.

Und dann schlug sie die Wohnungstür hinter sich zu, und ein paar Tage lang sah man sie noch nicht einmal von ihrem Balkon im ersten Stock herunterblicken, wie sie es sonst so oft tat.

4. Stock, links: Geister

Sie waren eingezogen, ohne dass jemand sie dabei gesehen hatte. Manche behaupteten zwar, spätabends sei ein Umzugswagen durch die Straße gefahren und morgens hätten noch Kartons im Treppenhaus gestanden, doch die Wills selbst waren niemandem aufgefallen.

Wenn sich die Wills über ihr Balkongeländer beugten, könnten sie auf die Krone des Baumes hinabblicken, der auf dem Balkon unter ihnen wuchs. Schon bald würde er auch den Will-Balkon überwuchern. Aber niemand hatte die Wills je auf ihrem Balkon gesehen. Eigentlich hörte man sie immer nur. Deshalb wusste man, dass sie da waren. Besonders nachts hörten die chronisch Schlaflosen im Haus Stimmen aus der obersten Wohnung und Lärm, als würden Möbel verrückt. Manche meinten, das Licht gehe bei den Wills in kurzen Abständen an und aus, doch den Zeugenaussagen der chronisch Schlaflosen wurde im Allgemeinen nicht viel Vertrauen geschenkt. Eher glaubte man denen, die behaupteten, sie hätten morgens den Mantelzipfel eines Wills um die Ecke wehen sehen oder das Absatzklackern einer Will im Treppenhaus gehört. Wie viele Mitglieder zum Will-Haushalt zählten, wusste niemand. Auf dem Briefkastenschildchen stand nur *Will*, in schlichten Blockbuchstaben. Manche vermuteten, dass sie auch eine Katze hatten, warum, konnte allerdings keiner genau begründen.

Bald waren die wildesten Theorien darüber im Umlauf, wie die Wills aussahen, vor allem aber, welcher Beschäftigung sie nachgingen. Man war sich einig, dass es sich um nichts Rechtschaffenes handeln konnte: Schmuggler, die nachts mit dem Lichtschalter Morsesignale sendeten, Ex-Mafiosi in einem Zeugenschutzprogramm oder Geldfälscher mit einer großen Druckerpresse, die sie nur nach Einbruch der Dunkelheit aus dem Schrank holten, aufbauten und in Betrieb nahmen.

Einige Bewohner wollten ihre Vermutungen bestätigt wissen und begannen, das Treppenhaus zu überwachen. Irgendwann mussten die Wills sich doch sehen lassen. In einer Tabelle wurden Türspion-Dienste eingetragen. Das funktionierte ziemlich gut, irgendjemand war immer zu Hause, und seit bei Lina ein Baum auf dem Balkon wuchs, gingen sowieso ständig Besucher ein und aus, also wurde es auch nicht langweilig, das Lauschen auf Schritte. Manche stellten sich sogar abwechselnd vor Briefkästen und Eingangstür. Ein Stuhl, eine Decke, eine Thermoskanne mit Kaffee. Vormittags kam der Briefträger. Abends schaute oft noch eine Zeitung aus dem Will-Briefkasten heraus. Für die Nachtschichten wurden bevorzugt die chronisch Schlaflosen eingeteilt. Doch am Morgen war der Briefkasten der Wills immer geleert, und nachts hörte man weiter aus ihrer Wohnung die Stimmen und das Möbelrücken, ohne dass jemand die Wills gesehen hätte.

Nur von Maia hieß es, einmal habe sie einen der Wills im Keller getroffen. Sie sagte aber nicht, wie er ausgesehen oder ob er sie angesprochen hatte. Und auf Nachfragen schaute sie einen nur stumm mit ihren zusammengekniffenen Augen an. Ihre Familie bat darum, Maia in Ruhe zu lassen, und damit war die Sache erledigt.

Nach ein paar Wochen schließlich schlug einer vor, unter einem Vorwand bei den Wills zu klingeln, vorzugeben, irgendwas zu verkaufen oder eine Befragung durchzuführen, am Ende tat es niemand.

Es gab Themen, die die Bewohner der Nummer 29 gerade mehr beschäftigten: Drüben suchten sie nach Maia. Ob sie wirklich einmal einen Will gesehen hatte und ob dieses zufällige Treffen womöglich gar mit ihrem Verschwinden zu tun hatte, darüber vermied man zu sprechen, wenn Maias Familie in Hörweite war. Trotzdem versuchten Einzelne noch ab und zu, die Post aus dem Will-Briefkasten zu fischen. Dabei flatterte, neben den nichtssagenden, an Familie Will adressierten Umschlägen des Elektrizitätswerks, auch Maias Vermisstenmeldung heraus. Mit hastigen Handgriffen wurde alles wieder in den Briefkasten gestopft.

Als manche daraufhin beschlossen, heimlich in die Will-Wohnung einzusteigen, schien Linas Balkon dafür eine gute Möglichkeit zu bieten. Es sollte nachts geschehen, um weniger Aufsehen zu erregen. Lina selbst war wenig überzeugt von der Aktion, doch schließlich ließ sie sich überreden, Wohnung und Balkon für eine Nacht zu öffnen. Einige hatten Seile mitgebracht, andere ihre gesamte Bergsteigerausrüstung. Für die beste Idee hielt man es jedoch, auf den Baum zu steigen und dann über die dicksten Äste hoch bis zum Will-Balkon. Der Leichteste war zugleich der Mutigste. Doch beim Versuch, von einem der Äste auf den Balkon zu springen, brach der Ast ab, und der eben noch so Mutige fiel mit einem lauten Ächzen – es schien fast, als käme das Ächzen direkt aus dem Baum – zurück auf Linas Balkon. Diese schnaubte wütend, scheuchte alle hinaus. Als sie die Tür schloss, hatte sie eine Gießkanne in der Hand. Die chronisch Schlaflosen erzählten später, in dieser Nacht habe man nicht nur die Wills gehört, sondern auch Lina, die sich an ihren Baum schmiegte und dabei sang.

Nachdem Maia aber nicht zurückkehrte und die Polizei regelmäßig durch die Straße fuhr, hörte man von den Wills nichts mehr, und ein paar Wochen später hing ein Schild mit Maklertelefonnummer am Balkongeländer. Niemand hatte gesehen, wie es aufgehängt worden war.

Auf dem Boden

Nachdem die Wills verschwunden waren, stand ihre Wohnung lange Zeit leer. Du warst der Einzige im Haus, der sich dorthin wagte. Manche hielten sie sogar für verflucht. Vielleicht zu Recht.

Wenn ich dich fragte, was du dort oben suchtest, sagtest du: die Ruhe. Du könnest dich auf den Holzboden legen, die Arme weit ausgebreitet, nach oben schauen und nichts sehen als die Deckenbalken, und aufstehen, dich um die eigene Achse drehen und nichts sehen als Wände. Nur weiß sei es um dich herum, bis auf den Boden, von den Wills oder ihren Möbeln nicht eine Spur.

Du hast erzählt, dass du manchmal, wenn du so da oben lagst, einschliefst. Wenn du dann aufwachtest, riebst du dir den Staub von Nase und Mundwinkeln. Staub, das sei das Einzige, was dort an das Verstreichen von Zeit denken ließ.

Es gab Tage, an denen dachtest du daran, dass die Wohnung einmal vermietet werden würde und du dann nicht mehr hochgehen könntest. An diesen Tagen erzähltest du nicht viel, also lehnte ich meinen Kopf an deine Schulter und sagte auch nichts. An anderen Tagen dachtest du, dass, wenn dir dort etwas zustoßen würde, Monate vergehen könnten, bis dich jemand fände. Obwohl man nach dir suchen würde wie nach Maia. Ich glaube, nur deshalb hast du überhaupt angefangen, mir von da oben zu erzählen.

Wir standen auf dem Bürgersteig, genau dort, wohin nachmittags der Schatten von Linas Baum fiel. Du fragtest mich, ob ich noch wüsste, wie du dir einmal beim Versuch, auf den Will-Balkon zu klettern, den Arm brachst. Natürlich. Du hast geglaubt, der Baum hätte dabei geächzt, und als sie dir den Verband abgenommen hatten, fühlte sich die Haut auf deinem Arm auch ein bisschen wie Rinde an. Du hast mir erzählt, dass du dich seit deinem Sturz eigentlich nur dort oben so richtig wohlfühlen würdest. Erklären wolltest du das nicht.

Man hielt dich immer für besonders mutig. Toni macht den ersten Schritt und dann ziehen die anderen nach, haben sie immer gesagt. Aber ich wusste, wenn es um Worte ging, warst auch du mal feige. Gabst lieber vor, nichts gehört zu haben. Als gäbe es dazu auch gar nichts zu sagen. Ich glaube, als du mich das erste Mal geküsst hast, tatest du es nur, um nicht zu antworten, um mich zum Schweigen zu bringen, damit ich nicht weiter fragte, warum du dich mit deinem Bruder gestritten hattest. Das war auf der Wiese hinterm Haus, du rochst nach feuchtem Gras und süßem Kaugummi. Später konnten wir gar nicht damit aufhören. Versteckten uns im Aufzug und, wenn es dunkel wurde, im Hauseingang, während deine Mutter schon zum Essen rief. Meine hat nie gerufen.

Überrascht hat es niemanden, das mit uns. Hängen aneinander wie die Früchte am Baum, haben sie über uns gesagt, schon von klein auf. Kaum aus der Wohnungstür raus, hatten wir den gleichen Weg, zum Spielplatz, zur Schule. Am ersten Tag nach den Ferien nahmst du mich bei der Hand die Treppen runter.

Die Treppen rauf hast du meine Hand nicht genommen, dieses eine Mal, als du sagtest, ich solle doch mitkommen in die Will-Wohnung. Ich wollte zuerst nicht, aber dann habe ich doch zugestimmt. Ich habe mich aber nicht wohlgefühlt da oben. Na gut, wir waren ungestört, aber der Raum so ganz ohne Möbel, der harte Boden und der Staub, der sich in meine Haare legte. Wenn es ganz still war, bildete ich mir sogar ein, jemanden singen zu hören. Eine Frauenstimme. Du hast nur den Kopf geschüttelt.

Danach wollte ich dir nie wieder in diese Wohnung folgen. Langsam glaubte ich den Gerüchten und misstraute deiner Besessenheit. Beinahe täglich suchtest du nun die Ruhe dort oben. Seltsam, dass dich nie jemand dabei erwischte, wie du dort einstiegst. Ich hatte fest vor, mein Versprechen zu halten, und begleitete dich nicht mehr. Aber an dem Tag, als du nicht zum Essen kamst und man mich fragte, ob ich nicht wüsste, wo du stecktest, wusste ich, wo ich zu suchen hatte.

Flur, horchend

Irgendwas stimmt da nicht.

Du meinst die Wohnung da oben?

Genau, die im Vierten.

Diese wo früher die Wills?

Das war ja schon komisch mit denen.

Sich so zu verstecken.

Überhaupt diese Wohnung.

Ständig jemand ein- und wieder ausgezogen.

Ja, davor die Grans und die Lovo und davor … ich weiß nicht mal mehr, wie die hießen.

An die erinnere ich mich gar nicht.

Sind ja nur kurz hier gewesen, wie alle anderen auch. Nie länger als zehn oder zwölf Monate hat dort jemand gewohnt, zumindest nicht, seit ich zurückdenken kann.

Warum eigentlich?

Haben manche Wohnungen so an sich.

Ob du weißt, wem grad-

Nicht mehr vermietet worden, das habe ich mitbekommen. Die von der Immobilie müssten noch den Schlüssel-

Jemand finden müsste man,
jemand Vertrauenswürdiges.

Ob du sie denn nicht haben willst?
Du brauchst doch mehr Platz.

Ach, ich weiß nicht. So richtig
wohl ist mir ja auch nicht bei
dem Ganzen.

Irgendwo im Treppenhaus: Die rostfarbene Tür

Als ich klein war, hatte ich die Angewohnheit, im Treppenhaus rauf und runter zu rennen, bis meine Mutter nach mir rief. Sie musste mich dann wieder einfangen. Manchmal entwischte ich ihr auch, ohne dass sie es merkte. Dann lief ich eine Weile im Treppenhaus auf und ab, bis jemand auf mich aufmerksam wurde und mich zurück in die Wohnung brachte. Huch, sagte meine Mutter dann, huch, da bist du ja wieder. Und als ich das nächste Mal verschwand, merkte sie es trotzdem nicht.

Einmal landete ich plötzlich vor einer rostfarbenen Tür. Ich kann im Nachhinein nicht sagen, ob ich die Treppen hinauf oder hinunter gegangen war, geschweige denn, in welchem Stock ich mich befand. Aber ich denke, es kann nicht allzu weit oben gewesen sein, im zweiten oder dritten Stock vielleicht. Was ich wusste, war, dass ich diese Tür noch nie zuvor gesehen hatte. Eine Tür in der Farbe von Rost, das wäre mir doch aufgefallen! Ich streckte meinen Arm aus und drückte die Klinke hinunter.

Es war nur ein schmaler Raum. Länglich, ein Flur beinahe. An einer der Wände war ein Fenster. Es stand offen, dachte ich zunächst, sah das auf dem Boden liegende Laub, das der Wind wohl hineingeweht hatte. Als ich genauer hinschaute, bemerkte ich die dazwischenliegenden Scherben. Kein Wunder, dass es hier so kalt war. Trotzdem ging ich weiter in den Raum hinein, hörte die Scherben unter meinen Schritten knirschen. Unter den Blättern raschelte es. Käfer, dachte ich, Spinnen, dachte ich, kleines Getier, bei einer Schnecke würde es knacksen.

Ich vermutete am anderen Ende des Flures eine weitere Tür und wollte sehen, was sich hinter ihr verbarg. Es war ein sehr langer Flur, und ich hatte die Tür noch nicht erreicht, da hörte ich ein Geräusch. Ein dumpfes Poltern. Etwas sehr Großes, Schweres, das umfiel, umgestoßen wurde gar. Und obwohl sich in diesem Raum gar nichts befand, das ich hätte umstoßen können, erschrak ich und rannte zurück. Hinaus aus dem Raum und durch die rostfarbene Tür, die hinter mir zufiel. Die Treppen hinauf oder hinunter, ich kann mich nicht erinnern.

Ich erinnere mich aber, dass ich einmal, vielleicht war es wenig später, vielleicht war auch etwas Zeit vergangen, meine Mutter nach einer Tür im Haus fragte, die zu einem langen Flur führte. Sie sah mich verwundert an und schüttelte den Kopf, sowas hätten wir hier nicht.

Nie wieder bin ich auf den Raum gestoßen. Ein paarmal habe ich nach der Tür gesucht, doch sie war nicht zu finden.

Ich habe bisher mit niemanden darüber gesprochen.

4. *Stock, rechts: Kasi*

Niemand darf von Kasi erfahren. Niemand darf erfahren, dass ich Kasi in meinem Bidetbecken halte. Sie würden das nicht verstehen mit Kasi. Sie würden mich für verrückt halten. Sie würden mir Kasi wegnehmen. Sie würden wer weiß was mit ihm anstellen. Ihn ins Labor mitnehmen, an ihm versuchen, bis er daran zerbricht. Sie würden mich festnehmen, einweisen, wegsperren. Niemand würde mir glauben, und dann könnte ich ihm erst recht nicht mehr helfen.

Niemand darf erfahren, dass ich Kasi in meinem Bidetbecken halte. Eigentlich habe ich ihn ja in meiner Toilettenschüssel gefunden. Ich habe Kasi gefunden und nicht geklaut oder entführt oder … Kasi ist zu mir gekommen. Kasi lag eines Morgens in meiner Toilette und hat mich angelächelt.

Dort konnte er natürlich nicht bleiben. Ich wollte nie, dass Kasi etwas zustößt. Wissen Sie, ich habe nie Kinder gehabt. Ich hatte noch nicht einmal einen Hund. Kasi war wie ein Sohn für mich. Ich habe ihn in meiner Toilettenschüssel gefunden und er hat mich angelächelt, und da wusste ich, er würde ein Sohn für mich sein. Und dann habe ich ihn in mein Bidet gesteckt.

Kasi leistete mir Gesellschaft und ich leistete Kasi Gesellschaft. Manchmal aß ich im Badezimmer. Ich klappte den Toilettendeckel herunter, schob einen Hocker davor und benutzte ihn als Tisch. Bevor ich einen Bissen nahm, warf ich Kasi ein Pizzastück oder ein Fleischbällchen zu. Und Kasi lächelte dankend. Er mochte eigentlich alles, war aber nicht verfressen. Außerdem konnte er gut zuhören. Beim Essen erzählte ich ihm von meinem Tag oder von dem, was mich gerade beschäftigte. Es war nichts Besonderes, nichts Aufregendes, aber Kasi sah mich mit seinen großen Augen an und nickte ab und zu, und da wusste ich, er versteht mich wie kein anderer.

Jeden Tag, nach dem Duschen, wechselte ich Kasi das Wasser aus.

Vorsichtig. Ich spülte zuerst die Badewanne gründlich aus, ließ sie dann eine Handbreit volllaufen und setzte Kasi behutsam hinein, während ich die Bidetschüssel reinigte. Mit einem weichen Naturschwamm schrubbte ich Kasis Rücken, bevor ich ihn zurück ins Bidet setzte. Abends öffnete ich die Badezimmertür und drehte den Fernseher so, dass Kasi von seinem Platz aus etwas sehen konnte. Ich machte es mir mit Krackern im Sessel gemütlich, stellte mit der Fernbedienung den Ton lauter. Und hinter mir, im Bad, saß Kasi und starrte mit großen Augen auf den Bildschirm. Am liebsten mochte er Quizshows.

Ich wusste von Anfang an, dass nie jemand von Kasi erfahren durfte und dass das nicht einfach werden würde. Viele Freunde hatte ich nicht. Trotzdem gab es ein paar, die ab und zu raufkamen, um ein Bier mit mir zu trinken. Das durfte von jetzt an nicht mehr sein, das wusste ich. Ich musste mir etwas einfallen lassen, du kannst den Leuten ja nicht einfach sagen, wenn sie bei dir sind und trinken, sie dürfen nicht auf Toilette gehen. Und dass sie ständig verstopft ist, glaubt irgendwann auch keiner mehr. Außerdem kann es dann ja immer noch sein, dass jemand sich die Hände waschen will oder irgendwas und Kasi sieht und dann, ich will nicht denken, was wäre wenn dann.

Manche sind von alleine nicht mehr gekommen. Don, zum Beispiel, den hatte ich lange nicht mehr gesehen, obwohl er im selben Haus wohnt. Nur seine Frau hat man öfters gehört und die vielen Leute auf ihrem Balkon. Vielleicht hat das Don gestört und er ist deswegen abgehauen, aber mir hätte er trotzdem was sagen können, sich verabschieden. Eigentlich war ich ja froh drum, denn das mit Kasi hätte er nicht verstanden. Don war auch nicht besser als andere.

Kasi hat so zerbrechlich gewirkt, als er mich anlächelte, dass ich wusste, ich muss ihn beschützen. Vor der Welt, aber auch vor mir selbst. Niemand durfte mehr hierherkommen, das beschloss ich, und das war ich Kasi schuldig.

Es war nicht leicht, denn wenn Leute sonst immer kommen dürfen und plötzlich nicht mehr, dann werden sie zuerst misstrauisch und dann aufdringlich und dann beleidigt und kommen schließlich überhaupt nicht mehr, aber das war mir eigentlich am liebsten.

Wenn nur die Nachbarn nicht gewesen wären. Wissen Sie, dieses Haus ist voll von Schnüfflern und Tratschtanten. Das fängt schon mit Rita an, die anscheinend durch Wände sehen kann. Wenn sie dein Verhalten seltsam finden, und das tun sie, sobald auch nur eine Kleinigkeit anders ist als gestern oder vorgestern, dann kommen sie auf die Idee, an deiner Tür zu klingeln, auch wenn sie das vorher eigentlich nicht getan haben. Sie haben Kekse gebacken oder wollen wissen, ob du auch Probleme mit der Antenne hast und nur verwackelte Bilder siehst. Kann ich kurz reinschauen, fragen sie, und haben schon einen Fuß im Türrahmen, und ehe du noch den Mund aufkriegst, um irgendeine Ausrede auszuspucken, haben sie sich schon an deinen Küchentisch gesetzt und wollen ihren Kaffee mit einem kleinen Schuss Milch, aber ohne Zucker. Sie fragen dich aus, über die Arbeit, die Verwandtschaft. Ja, ja, alles läuft. Du versuchst einsilbig zu antworten, ein möglichst unfreundliches Gesicht dabei. Trotzdem kommen sie immer wieder. Ehe du bis zehn zählen kannst, haben sie sich bei der Hausverwaltung deinen Wohnungsschlüssel besorgt und stehen plötzlich bei dir im Wohnzimmer, wenn du nach Hause kommst, erklären, es hätte verbrannt gerochen und aufs Klingeln habe niemand reagiert. Wenn nur die Nachbarn nicht gewesen wären.

Einmal war jemand hier. Ich konnte es nicht verhindern. Ich glaube, er hat Kasi gesehen.

Souterrain: Untermieter

In der Souterrainwohnung hatte man seit Jahren kein Licht mehr gesehen. Auch das dazugehörige Klingelschild war mit der Zeit und den Witterungen längst verblasst; die Fenster konnten leicht mit den Kellerfenstern verwechselt werden. Die letzte Familie, die dort wohnte – Moran hießen sie, er war Fotograf –, hatte bei ihrem Einzug sämtliche Glühbirnen herausgedreht. Die Morans wollten lernen, in der Dunkelheit zu leben. Über die Gründe haben sie nie gesprochen.

Anfangs fielen tagsüber noch einzelne Sonnenstrahlen durch die Fenster in ihre Wohnung, doch dann gewöhnten sich die Augen der Familie so an die Dunkelheit, dass sie die Fenster mit blickdichten Gardinen verhängen mussten und nur noch mit breiten Hüten und Sonnenbrillen hinausgehen konnten. Irgendwann verließen sie bei Tageslicht gar nicht mehr das Haus.

Nach Sonnenuntergang war die Wahrscheinlichkeit groß, die Morans an der nächstgelegenen Tankstelle anzutreffen. Im Hauseingang begegnete man ihnen allerdings nur selten. Kam man ins Gespräch, schwärmte Carla Moran von Kinosälen. Sie hatte eine sehr leise, gleichtönige Stimme, und man musste sich sehr konzentrieren, um die Begeisterung aus ihren Ausführungen herauszuhören. Hörte man ihr zu lange zu, wurden einem die Augenlider immer schwerer, und am nächsten Tag war man sich unsicher, ob man das Gespräch vielleicht doch nur geträumt hatte. Bert Moran dagegen erzählte gerne vom 24-Stunden-Supermarkt, der vor Kurzem eröffnet worden war. Er sprach vom Flackern der Neonröhren in den menschenleeren Gängen, das so grell war, dass er seine Sonnenbrille aufsetzen musste, damit seine Augen nicht schmerzten, und vom gähnenden Kassierer, der ihn nie wiedererkannte, obwohl Bert der Einzige war, der hier regelmäßig seinen Wocheneinkauf nach Mitternacht erledigte. Er beschrieb seinen abwesenden Blick, wenn er die Waren vom Band schob, und das wortlose Abzählen der Scheine, die Bert ihm reichte, als würde er ihn, kaum, dass er ihn wahrgenommen hatte, schon wieder vergessen.

Beim Supermarkt gab es sogar einen kleinen Fotoshop, wo Bert Moran eine Zeit lang als Laborant tätig war. Seine Nachtschichten dürften sich für den Besitzer nicht sonderlich rentiert haben, doch er mochte Bert und er mochte den Gedanken, dass dort rund um die Uhr jemand war, der Filme entwickelte, und so blieb Bert, bis Markt und Geschäft irgendwann schließen mussten. Zu dieser Zeit sah man die Morans schon gar nicht mehr. Den regelmäßigen Besuchen der Kurierboten nach zu urteilen, ließen sie sich inzwischen, was sie zum Leben brauchen – und das war nicht viel –, nach Hause liefern.

Gehört hatte man die Morans schon immer kaum, obwohl sie Kinder haben – oder hatten, denn mittlerweile dürften sie längst erwachsen sein. Sogar in ihrer Bekleidung waren die Morans diskret: Was sie auch anzogen, den marineblauen Mantel, den Carla von Lukas geschenkt bekam, jeder Ton nahm an ihnen eine Schattenfarbe an, in der ihre eigene fahle Gestalt zu verschwinden schien. Manchmal wirkte es, als strahle ihr Schatten eine stärkere Präsenz aus als sie selbst. Als wünschten die Morans diese zu unterdrücken, unterhielten sie sich nur im Flüsterton, und wenn sie abends ausgingen, gingen sie leisen Schrittes.

Heute haben die Morans noch Kontakt zu einzelnen Leuten im Haus. Zu einem, der auch früher schon die Erledigungen für sie übernahm, die nachts nicht möglich sind. Hören kann man ihre Schritte nicht, wenn sie im Dunkeln durchs Treppenhaus huschen, um sich zu besuchen. Wenn man dann einen Blick durch den Türspion wirft, sind nur dunkle Schatten zu erkennen. Es mag Menschen im Haus geben, die noch nicht einmal bemerkt haben, dass die Morans hier wohnen.

Wohnzimmer, Mitte

Hast du was gehört?

Was denn?

Na, das eben. Ob du nicht auch?
Da, nochmal.

Ein Klopfen?

Kräftiger.

Schläge?

Dumpfer.

So was wie ein Poltern?

Genau. So ein Poltern wie von was richtig Schwerem.

Ein Elefant vielleicht?

Was sollte denn einer mit nem-

Was weiß ich denn, du hattest doch gesagt richtig schwer.

Ja, aber-

Und da denke ich halt an einen Elefanten. Oder an einen Lkw.

Eher ein schweres Möbelstück.

Ein Schrank?

Ein Schrank, der fällt.

Und wenn da jetzt jemand drunter liegt?

Also der Schrank auf jemandem dra-

Ja, hast du denn auch ein Schreien gehört, ein Stöhnen vielleicht?

Nein, kein Schreien, auch kein

Stöhnen, vielleicht ein Ächzen, aber das kann auch von was anderem.

Und wenn jemand erschlagen worden ist vom Schrank, einfach so, wenn jemand erschlagen worden ist unterm Schrank, plötzlich, ohne einen Laut von sich zu geb-

Das kann natürlich sein, aber wenn der schon tot ist unterm Schrank – also wenn da jetzt wirklich einer wäre –, dann braucht man aber auch nicht direkt hochzugehen.

Bist du dir denn sicher, dass das Poltern von oben kam?

Nein, eigentlich nicht. Vielleicht liegt auch keiner drunter. Vielleicht ist es auch kein Schrank.

Sondern?

Irgendetwas anderes.

Ein Stuhl?

Nein, das wäre nicht so laut.

Ein Tisch, eine Palme, ein Sofa?

Seit wann kippen Sofas.

Seit … Keine Ahnung. Vielleicht kannst du das Poltern einmal näher beschrei-

Ach, ich habe es ja auch nicht so richtig gehört.

Was soll das heißen?

Na gar nichts. Es ist ja nur ganz kurz gewesen. Ich bin mir ja noch nicht mal sicher … Wir sollten einfach in Ruhe hier unseren Kaffee austrinken erstmal, uns nicht unnötig alarmieren.

Na gut.

Moment mal, da war doch was. Hast du das auch gehört?

Was denn?

Na, so ein Klirren, ganz leise. Da, nochmal.

Erdgeschoss, rechts: Wir

Seit ich denken kann, hatte es bei uns immer nur ein Wir gegeben. Ein Wir und ein Maia. Ich bin mir nicht sicher, ob ich sie vermisse. Wir hatten uns versprochen, nicht zu weinen und auf Fragen stets nur zu nicken.

Es gab ein Wir, und es gab die anderen, die da draußen. Das war schon immer so gewesen, schon vor Maia und nachdem sie zu uns kam sowieso.

Wir hatten sie nicht erwartet, zumindest ich wusste nichts davon. Sie kam mit zusammengekniffenen Augen und öffnete sie erst, als sie schon ein paar Wochen bei uns war. Sie öffnete sie an einem Mittwoch, und zur Feier des Tages zündeten wir einige Kerzen an.

Wenn wir mit Maia draußen waren und die Sonne schien, blinzelte sie energisch, und als sie Krabbeln lernte – sie lernte es sehr schnell –, suchte sie schon bald nach dunklen Ecken, in die sie hineinkriechen konnte.

Maia weinte nicht. Sie weinte nie, und wahrscheinlich mochte ich, mochten wir sie deshalb besonders. Maia und ich teilten uns ein Zimmer, und nie wurde jemand nachts von ihrem Geschrei geweckt, und wenn ich es war, der schrie, beschwerte sie sich nicht. Wir beide waren uns immer einig, und Maia konnte fest zupacken, mit ihren kleinen, gekrümmten Fingern, wenn sie nicht einverstanden war.

Maia hatte kleine, gekrümmte Finger. Maulwurfhände nannten wir sie liebevoll, und so kurz wir ihr die Fingernägel auch schnitten, immer klebten schwarze Ränder darunter, die nur verschwanden, wenn wir ihre Finger abends mit Backpulver einrieben und dann in Seifenlauge einweichen ließen. Es wurde zu einem alltäglichen Ritual, wie so vieles in unserem Leben mit Maia. Vor dem Einschlafen zogen wir die Rollläden ganz zu und verklebten die Türritze am Boden unseres Zimmers mit dunklem Band, damit keine Lichtstrahlen hindurchkommen und sie um ihren Schlaf bringen konnten. Sie hatte sich abends immer am Flurlicht gestört oder am blauen Flackern unseres Fernsehapparates. Wir dagegen mochten dieses Flimmerlicht, es gab uns ein Gefühl von Zugehörigkeit zur Welt da draußen, die uns jedes Mal ein bisschen weiter weg erschien, je mehr Zeit wir mit Maia verbrachten.

Es gab Maia, es gab ein Wir, und es gab die da draußen, und für jene lernten wir, an Maias Stelle zu sprechen. Anfangs waren wir uns manchmal unschlüssig, wie wir ihre Gesten zu deuten hatten, doch Maia hatte kleine Maulwurfhände, die sie krümmte und zur Faust ballte, kleine blinzelnde Augen, und eine Art, Dinge zu sagen, ohne sie zu sagen, die man verstand, wenn man sie nur gut genug kannte, wenn man ihr die Fingernägel geputzt und die Schlafzimmertürritzen mit Klebeband zugeklebt hatte. Lebte man mit Maia, kam es einem bald vor, als hätte man immer mit Maia gelebt, Fingernägel geputzt und Türritzen zugeklebt. Als hätte man sie immer gesucht und darauf gewartet, dass sie aus ihrem Loch kroch. Bis sie sich eines Tages entschloss, nicht mehr zurückzukehren.

Heute sind wir manchmal einsam. In Maias Löcher haben wir Blumen gepflanzt. In anderen finden wir manchmal kleine Tiere, doch die können wir nicht behalten.

1. Stock, rechts: Schnecken und was Rita dachte (aber nicht sagte)

Es gibt Menschen, die sind ihr Haus, und es gibt Menschen, die wohnen nur darin. Sie kaufen sich Möbel, stellen eine Garderobe auf und ein Bett und eine Nachttischlampe und dann sagen sie, das ist mein Haus, da wohne ich. Ich habe viele Menschen hier kommen und gehen sehen und ich kann sagen, die meisten, die sind so. Sie entwickeln vielleicht mit der Zeit ein Gespür für die Art der Bewohner, die Art, wie man hier lebt. Sie übernehmen Gewohnheiten, führen neue ein. Sie denken an unsere Straße, wenn sie von ihrem Zuhause sprechen, und fühlen das auch so. Manchmal kennen sie noch ein anderes Zuhause, und manchmal waren sie schon immer hier.

Ich war schon immer hier, ich weiß, wovon ich rede, wenn ich sage, es gibt nicht viele, die anders sind, weder hier noch sonstwo. Nicht viele tragen das Haus, in dem sie leben, wie eine Schnecke mit sich herum. Haben ihre Organe dahin verlagert, Herz, Magen, Nieren. Nicht viele spüren, wenn Risse anfangen, sich durch die Wände zu ziehen. Körperlich spüren, meine ich. Bei nicht vielen spannt die Haut mit dem Leiden der Wände, knarzen die Knochen mit den Treppenstufen, schmerzt der Rücken, wenn das Gemäuer altert. Ich spüre, wie sich die Räume zusammenziehen mit der Kälte und wie die Wände bei großer Hitze anschwellen wie meine Beine. Ich spüre, wie das Haus atmet. Wie es Bewohner abstößt und verschlingt. Ja, ich könnte vom ersten Tag an sagen, wer wieder ausziehen wird. Und alle tun dann wieder so überrascht von wegen, von einem Tag auf den anderen. Man muss nur hinhören.

Ich glaube, dass auch Maia jemand war, die so etwas hätte spüren können mit der Zeit. Wenn sie es gewollt hätte, wenn sie aufgehört hätte, sich zu verkriechen in diese Erdlöcher, wo man, wenn man mich fragt, gar nichts spürt. An dem Tag, an dem ich sie im Keller sah, wie sie auf dem Boden hockte und das Ohr an den Estrich drückte, an dem Tag, an dem sie lautlos ihre Lippen bewegte, als würde sie eine wichtige Nachricht wiederholen, sie sich einprägen, während ihre schwarzen Fingernägel über den Boden kratzten, bis ihre Fingerspitzen glühten und ein eisiges Frösteln mir durch die Knochen lief, an dem Tag wusste ich, es würde etwas werden mit ihr. Wenn sie nur gewollt hätte. Wenn sie geblieben wäre, lang genug. Aber sie blieb ja nicht, sie war ja fort, so jung, so fort.

Und wenn es nicht richtig gewesen wäre, dass sie blieb? Und wenn es nicht richtig ist, dass es zwei von uns gibt in einem Haus? Hätte ich etwas getan, es zu vermeiden?

Und dann gibt es noch die Nacktschnecken. Jene, die kein Haus haben, auch, wenn sie sich irgendwo aufhalten. Tagsüber verstecken sie sich in der Erde und unter Pflanzen, verkriechen sich in Löchern. Abends kommen sie hervor. Auch von der Sorte hatten wir nicht viele hier, den einen oder anderen Bewohner vielleicht. Don erzählte einmal, dass manche Nacktschnecken im Jugendstadium noch ein Gehäuse besitzen, in das sie sich zurückziehen, und dass sich dieses Gehäuse nach und nach zurückbildet oder von ihren eigenen Weichteilen verschluckt wird. Ich bin mir nicht sicher, was Nacktschnecken und ihre Arten betrifft. Wie gesagt, ist mein Metier das Haus. Wenn ich ehrlich bin, würde ich aber eher sagen, die Nacktschnecken, die es bei uns gab, waren mehr Besucher als Bewohner.

Aufzug: Einraumwohnung

In letzter Zeit kamen immer mehr Besucher ins Haus, und weil die Gegensprechanlage regelmäßig kaputt war, blieb die Haustür tagsüber meistens offen. Einige Bewohner der Nummer 29 sahen das nicht gern. So hat man ja keinen Überblick mehr, wer alles hereinkommt, meinten sie. Es wird uns noch was gestohlen, wartet's nur ab und sagt nachher nicht, man hätte euch nicht gewarnt. Gestohlen wurde nichts, auch wenn es manchen womöglich lieb gewesen wäre, nur damit man ihnen im Nachhinein recht gab. Dafür aber kam Tom ins Haus. Und dort blieb er erst mal.

Tom hatte eines von diesen Gesichtern, die nicht auffallen. Obwohl es einem bei der ersten Begegnung direkt vertraut vorkommt, kann man sich im nächsten Augenblick kaum an die Züge erinnern. Selbst wenn sich Attribute wie ein Bart oder eine Brille einprägen, wäre man selten in der Lage, damit ein hilfreiches Phantombild zu zeichnen. Tom war einer von diesen Menschen, die jeder schon mal gesehen hat, aber von denen keiner sagen kann, wer sie eigentlich sind, geschweige denn, wo sie wohnen.

Vielleicht hatte Tom schon immer in unserer Straße gelebt. Jetzt wohnte er jedenfalls in unserem Haus, denn Tom nistete sich im Aufzug ein. Der war nicht groß, erfüllte aber alle Sicherheitsvorschriften und hatte außerdem ein Dach, sodass es nicht hineinregnete. Es vergingen Wochen, vielleicht Monate, bis jemand merkte, dass Tom im Aufzug lebte. Anfangs wunderten sich die wenigen Aufzugbenutzer nur, dass sie dort immer dem gleichen schnauzbärtigen Mann begegneten, der stets freundlich grüßte. Auch Rita wusste offenbar von nichts. Sie wohnte im ersten Stock und nahm stets die Treppe.

Egal ob man morgens um sieben, nachts um vier oder gegen Mittag in den Aufzug stieg, immer war Tom da. Ob er dort schlafe, witzelten die Ersten, die sich seiner steten Anwesenheit im knapp drei Quadratmeter großen Fahrstuhl bewusst geworden waren. Er habe ein Kissen, aber trotzdem sei es ein wenig ungemütlich, antwortete Tom. Er lächelte – froh, wie er war, wenn man ihm Beachtung schenkte – und die Fragenden lachten ob des guten Witzes, dass jemand im Aufzug übernachtete, so ganz ohne Bett und ohne Waschraum oder Herdplatte.

Erst als Tom zunächst einen Sessel hineintrug, einen Gummibaum danebenstellte und später sogar anfing, die Spiegelwände mit gemusterten Tapeten zu bekleben, wurden die chronisch Schlaflosen langsam misstrauisch. Aber ehe er dabei erwischt wurde, wie er im karierten Pyjama auf dem Aufzugboden kauerte und sich auf einem Campingkocher Spiegeleier briet, wurde uns nicht bewusst, dass er Tom war. Tom, der hier lebte, zu lange schon, als dass man ihn ohne Weiteres fortschicken konnte, auch wenn einige da nicht lange gezögert hätten. Doch mal ehrlich, wen störte er schon, bis vor Kurzem war er noch nicht einmal aufgefallen. Und so hoch sei das Haus ja auch nicht, dass man es ständig nötig habe, den Aufzug zu nehmen, meinte Rita. Ob er keine Platzangst habe?, wollte Rolmars Toni wissen, der sich immer als Erstes vorwagte. Nein, nur Höhenangst, das sei schon manchmal ein bisschen schwierig, aber zum Glück gebe es keine Fenster, und in letzter Zeit nähmen auch nur noch die Ältesten den Aufzug oder jene, die schweres Gepäck trügen. Und wo er sich wasche?, fragte Toni weiter und schlug vor, er könne doch die Toilette bei ihnen benutzen. Dann war es beschlossene Sache: Tom durfte bleiben. Er wurde lediglich gebeten, ab sofort vor dem Aufzug zu kochen, nicht, dass sie eines Tages noch alle miteinander in die Luft gingen. Tom weitete seine Einraumwohnung auf den Flur im vierten Stock aus, wo es am ruhigsten war. Und von diesem Zeitpunkt an fuhr der Aufzug nur noch selten, und im Treppenhaus breitete sich der Geruch von Spiegeleiern und Speck aus, der nie mehr wegging, auch nicht, als Tom schon längst fort war.

Treppenhaus, Kellereingang: Samstagsspiele

Es gibt keinen Geruch, der länger im Treppenhaus bleibt, als der von frisch verbranntem Fleisch, erklärten jene Kinder, die samstags früh keine Zeichentrickserien anschauten und sich stattdessen unter der Treppe, neben dem Kellereingang trafen, um sich dort über einer alten Grillpfanne die Hände zu wärmen.

Es gibt keinen Geruch, der länger im Treppenhaus bleibt, als der von versengten Fotofilmen und Lavendel, sagten die anderen Kinder, die samstags früh auch keine Zeichentrickserien anschauten und sich stattdessen unter der Treppe, neben dem Kellereingang trafen und dort, in derselben alten Grillpfanne, die Fundstücke der Woche verbrannten.

Treppengerüche

Weißt du noch: Eine Zeitlang hat
es im Treppenhaus immer
wieder nach Katzenminze
gerochen. Zum Glück ist das
Viertel ein katzenarmes. Wer weiß,
wie viele sonst ins Haus
gekommen wären.

Das Treppenhaus hat doch
immer nach bestimmten
Dingen gerochen.

Zeitweise.

Da hat es die Marmeladen-
zeit gegeben. Nach Obst, aber
keines, das man kennt.

Linas Marmelade, stimmt.

Und dann wochenlang nach
Mottenkugeln.

Furchtbar, als hätte jemand
einen ganz alten Schrank
ausgeräumt.

Als befände sich das ganze Haus in
einem alten, muffigen Schrank.

Frisch gereinigt, der künstliche
Zitronengeruch.

Auf so einer Zitronenwasserspur
muss E. doch damals ausgerutscht
sein.

Hätte besser hinsehen müssen,
die Schuld nicht bei anderen
suchen.

Mittags weiß man gleich, wer was gekocht hat.

Aber samstags, Samstagvormittag hat es immer so seltsam gerochen, ich kann gar nicht sagen, wonach.

2. *Stock, Mitte: Kopf oder Zahl*

Die Gramo-Brüder. Mal war es Lukas, den man traf, frühmorgens sein Fahrrad sattelnd oder vormittags im Treppenhaus mit Einkaufstüten. Er war immer gut gelaunt, scherzte gern oder machte ein Kompliment und war auch schon zu früher Stunde voller Energie. Lukas merkte sich alle Geburtstage, und wenn es wieder einmal so weit war, klingelte er im Laufe des Tages, in der Hand einen Schokomuffin oder eine Blume. Man lud ihn gern ein, wenn man etwas zu feiern hatte oder einfach mal so zusammenkam. Manchmal besuchte er Rita. Stundenlang saßen die beiden dann auf ihrem Balkon und schwiegen. Dann ging Lukas, und Rita lächelte. In seiner Wohnung war jedoch noch nie jemand von uns gewesen. Sprach man ihn darauf an, hieß es, es sei gerade so unordentlich dort oder sein Bruder liege mit einer Grippe im Bett. Man sah ihn seltener, den Bruder. Leonard hieß er, er antwortete meist einsilbig und sprach mit zusammengepressten Lippen. Häufig schlief er bis nachmittags. Er schläft noch, bekamen wir oft als Auskunft, wenn wir Lukas nach Leonard fragten. Manchmal sah man Leonard spätnachts mit einer langbeinigen jungen Frau im Arm durchs Treppenhaus stolpern. Von Lukas glaubte man dagegen, dass ihm eher junge Männer gefielen, doch weder sprach er darüber noch hatte er jemals jemanden mitgebracht. Leonard kam nie mit, nur aus Höflichkeit lud man auch ihn ein. Stattdessen ließ er sich von Lukas mit irgendeiner lächerlichen Ausrede entschuldigen. Und irgendwann hörte man auf, Leonard einzuladen.

Manchmal fragten wir uns, ob sie sich nicht sonderlich gut verstanden und ob man sie deshalb nie zusammen sah. Doch warum sollten sie sich dann eine Wohnung teilen, all die Jahre. Und wären sie in ihrer Art nicht so verschieden gewesen, hätten wir nicht gewusst, wie wir sie hätten auseinanderhalten können.

Doch dann kam jener Tag, an dem die Tür zur Gramo-Wohnung aufgebrochen werden musste. Seit geraumer Zeit, bestimmt schon eine Woche oder noch länger, hatte niemand Lukas gesehen. Hätte es sich um Leonard gehandelt, wäre das kein Grund zur Sorge gewesen, doch weil Lukas fehlte, wurden wir misstrauisch. Sogar Rita sagte, dass wir doch einmal nachschauen sollten, ob bei den Zwillingen alles in Ordnung sei. Als sich dann auch noch ein penetranter Geruch von der Tür der Gramo-Wohnung aus über die ganze Etage im Treppenhaus ausbreitete – der alte Rolmar sagte, der Geruch erinnere ihn ein wenig an Katzenpisse, obwohl es im ganzen Haus keine Katze gab und er wahrscheinlich auch gar nicht wusste, wie Katzenpisse roch –, riefen wir die Feuerwehr, die die Wohnungstür kurzerhand aufbrach. Was sie dort fanden, hätten wir uns nicht ausmalen wollen: Lukas oder Leonard, wer konnte es jetzt noch sagen, lag erschlagen unter dem Bücherregal. Vom anderen Bruder keine Spur, und überhaupt wirkte die Wohnung nicht so, als hätten hier zwei Menschen gelebt: nur ein Bett, nur ein Kleiderschrank und am Küchentisch nur ein Stuhl. Doch ob es nun Lukas war oder Leonard, der unter dem Regal lag, der Bestatter musste gerufen werden. Da keine Verwandten ausfindig gemacht werden konnten, bezahlten wir ihn mit dem Geld von der Behörde, und was fehlte, legten wir zusammen. Das meiste jedoch fanden wir in kleinen Scheinen in einer leeren Shampoo-Flasche auf dem Nachttisch des Verstorbenen.

Treppenhaus, Nacht

Und plötzlich ist das Licht ausgegangen. Plötzlich stehe ich im Dunkeln und weiß nicht, wohin mit dem nächsten Schritt. Die Hände am Geländer. Hört mich jemand? Haa-loo? Die Augen geschlossen, sie langsam öffnen, den Blick gewöhnen an die Schwarztöne. Mit den Händen die Wand abtasten bis zum Schalter. Nichts. Vorsichtig weitertasten, die Hände nun am Boden, auf allen Vieren langsam die Treppen rauf, die Knie folgen. Hände tasten, tasten den kalten Stein, tasten … eine Hand! Eine Hand, die warm ist und klein und Haare hat an den Fingerknöcheln. Eine Hand, die stumm meine Hand greift, mir hilft aufzustehen, mich hinter sich herzieht, ein wenig laut atmet nur. Eine Hand, die den Weg kennt, die sicher tritt und mich leitet bis zu meiner Tür. Die dann wartet, bis ich den Schlüssel rausgekramt habe, aus meiner Tasche, und ihn ins Schloss führt. Ich drehe ihn um. Danke, will ich sagen, und sehe bereits durch den Türspalt das Kerzenlichtglimmern in unserer Wohnung, doch die Hand ist schon fort.

Hinterm Haus: Bausteine

Alis' Hände sind kleiner als meine. Wenn sie ihre Handflächen auf meine legt, sieht man, dass ihre Finger doppelt so lang werden müssen, um bis zu meinen Nägeln zu reichen. Alis wohnt im Zweiten. Sie rennt die Treppen hinunter, nimmt gleich mehrere Stufen auf einmal und holt uns zum Spielen. Fünf Sekunden lang hält sie den Klingelknopf gedrückt. Wenig später stehen wir mit hastig übergestreiften Schuhen im Flur. Alis' Finger packen uns fest am Handgelenk, sie nimmt uns hoch und mit in ihr Zimmer. Energisch, nennt Mutter sie. Weiße Fingerabdrücke bleiben manchmal von ihrem Griff an unserer Haut zurück. Wenn ihr Bruder da ist, zieht sie uns hinters Haus.

Eli mag es lieber hinterm Haus. Dort haben wir Steine, mit denen können wir bauen. Alis sammelt sie ein und trägt sie im Schoß ihres Rockes zu uns rüber. Sie lässt den Stoff los, und die Steine fallen vor uns ins Gras. Eli sucht die schönsten heraus und ordnet sie ringförmig auf dem Boden. Ich helfe ihm, und so stapeln wir Steinschichten turmhoch, doch den letzten Stein, den heben wir für Alis auf.

Hier draußen müssen wir aufpassen, nicht zu laut zu spielen. Auf Verstecken, Feuer und verbrannte Finger haben wir keine Lust. Alis sagt, Eli, mach dir keine Sorgen, Steine brennen sowieso nicht. Eli ist eigentlich nicht der Richtige zum Türmebauen. Irgendwann überkommt es ihn, und er fängt an, Steine aus dem Turm zu ziehen. Manchmal wackeln die Turmmauern nur oder kippen etwas zur Seite. Und manchmal nimmt Eli auch einen Stein raus, und der Turm fällt in sich zusammen. Och, Mann, sage ich dann, während Eli mit der glatten Seite des Steines über seine Wange streicht. Och, Mann, Eli, sage ich nochmal, und Alis sagt, manche hätten eine Katze zum Kuscheln und Eli eben einen Stein.

3. Stock, links: Borkenkrümel

Niemand sah es. Wie Lina sich an ihren Baum schmiegte und dabei sang. Wie Lina sich an ihren Mann schmiegte und für ihn sang. Wie Lina sich an den Baum schmiegte, der einmal ihr Mann gewesen war, wie sie mit ihren Fingern über die Rinde strich, dort, wo der Ast abgebrochen war und der Pflanzensaft heraussickerte, warm und klebrig an ihrer Hand herunterlief. Wie Lina ihr Gesicht in der Borke vergrub, sodass die Borkenkrümel an ihrer Haut kleben blieben, sie den Geruch von feuchtem Holz einatmete, der sich mit dem Salz ihrer Tränen vermischte. Wie Lina mit dem Handrücken über ihr Gesicht fuhr, Borkenkrümel und Schnodder wegwischte. Wie Lina sich die kühle Abendluft ins Gesicht blasen ließ, tief durch die Nase rein und durch den Mund raus, wie Lina an ihren Mann dachte, an die Zeiten, als er noch ihr Mann war, und an die Tage, an denen sie gemeinsam auf dem Balkon gestanden hatten, bevor er begann, in den Keller zu gehen.

Wie Lina einen Arm um den Stamm legte. Wie Lina auf dem Balkonboden saß und einen Arm um den Baumstamm legte und mit der freien Hand ihren Rock über die Schenkel schob. Wie Lina mit der freien Hand unter ihren Rock strich, so, wie es der Baum manchmal getan hatte, als sie auf dem Balkon standen zu Zeiten, als er noch nicht Baum war. Wie Lina mit ihrer freien Hand zwischen ihre Beine strich und mit der anderen Hand die Rinde abtastete. Wie Lina mit einer Hand die Rinde abtastete und auf halber Höhe auf einen Ast stieß, ein kurzer, knorriger Ast, blattlos, der dort herausragte. Wie Lina nun mit ihrer Hand den knorrigen Ast umgriff und mit der anderen ihren Rock höher schob. Wie Lina aufstand und den Rock höher schob und ihren Schritt an der knorrigen Rinde rieb. Wie Lina sich an der Rinde rieb und keuchte und seufzte und wie Lina schließlich ein Bein hob und den Fuß gegen den Stamm drückte und sich auf den knorrigen

Ast setzte. Wie Lina sich breitbeinig auf den knorrigen Ast setzte und rauf und runter wippte und stöhnte und ächzte, und vielleicht ächzte auch der Baum. Wie Lina sich wundrieb an der knorrigen Rinde. Wie Lina auf der knorrigen Rinde rauf und runter wippte und sich wundrieb und es noch nicht einmal merkte, so wie sie keuchte und stöhnte. Und wie der Baum dabei Baum war und schwieg und sich nicht bewegte, nur die Blätter etwas im Wind. Und wie Lina ihre Finger zwischen die Borkenstücke krallte und dort, wo der Ast abgebrochen war, der klebrige Saft an ihnen herunterlief und wie Lina zusammenzuckte und nach Luft schnappte und dann ganz still war und sich vom Baum löste und mit dem Handrücken die Borkenkrümel aus ihrem Schritt wischte und auch ein bisschen Blut.

Wie Lina sich auf den Balkonboden hockte und ihren Arm um den Stamm legte. Wie Lina auf dem Balkonboden saß und ihr Gesicht in die Rinde presste und sich an den Baum schmiegte und dabei sang, vielleicht auch schluchzte, und wie der Nachtwind ihr die Borkenkrümel aus dem Gesicht blies. Niemand sah es.

2. Stock, links: *Minutenlang*

Es verging nur eine Minute, innerhalb derer Bell nach Luft schnappte wie ein Fisch, sich dann mit einer leichten Bewegung der Handfläche die Salzkrümel von der linken Schulter fegte, die darauf gerieselt waren, nachdem sie beim Nachsalzen der Brühe etwas neben den Kochtopf geschüttet hatte und danach, als sie es in einer abergläubischen Geste auf ihre Handfläche kehrte und über die linke Schulter warf, wieder etwas daneben, also: auf ihre Schulter ging.

Innerhalb dieser einen Minute runzelte Bell die Stirn, als hätte sie mit schweren Kopfschmerzen zu kämpfen. Sie hustete beim Ausatmen, ließ sich dabei von der Schwester auf den Rücken klopfen. Die Schwester, die gerade auf der Küchenplatte Zwiebeln gehackt hatte, während ihr die Tränen aus den Augenwinkeln tropften und sie ach, diese Zwiebeln lachte. Die Schwester lachte, und Bell hustete und schnappte dann wieder nach Luft, bevor sie anfing, die Schubladen aufzuziehen und nach einem sauberen Löffel zu suchen. Einem, mit dem sie gleich probieren wollte, ob es denn reichte, mit dem Salz. So einen legte sie neben sich auf die Küchenplatte, atmete aus.

Es war immer noch diese gleiche Minute, in der Bell die Augen schloss, eine Stimme hörte, nein, nein, du bist es nicht, murmelte, dann: nichts, nichts, rief, als die Schwester, die nun neben ihr auf dem Küchenstuhl saß, sie fragte, mit wem sie denn gerade gesprochen habe, und Bell wieder mit einem Holzlöffel durch die kochende Brühe rührte.

In der letzten Sekunde dieser einen Minute stolperte die Mutter in die Küche, die kurz zuvor zur Haustür hereingeschneit war, und fragte, ob es denn noch lange dauere, bis das Essen fertig sei, sie habe jemanden mitgebracht, von den chronisch Schlaflosen, und die seien ja bekanntlich immer sehr hungrig.

Erdgeschoss, rechts: Maulwurfhände

In der Zeit, in der Maia bei uns war, hatten sich auch unsere Essgewohnheiten verändert. Maulwurfhände hatten wir immer zu ihr gesagt, zu ihren kleinen, gekrümmten Fingern, die Löffel und Gabel kaum halten konnten. Die sich lieber schaufelartig durch aufgehäufte Nüsse oder Beeren arbeiteten und diese mit ein paar schnellen Handgriffen zum Mund führten.

Seit Maia zu uns gekommen war, vermieden wir Suppen und Breiartiges. Überhaupt alles, was zwischen ihren Fingern hindurchrinnen konnte, wenn niemand sie mit einem Löffel fütterte. Und füttern ließ sich Maia, seit sie in der Lage war, aufrecht zu sitzen, nur ungern.

Was Maia stattdessen liebte, waren die sand- und schokoladenfarbigen Marmorkuchen, die wir so auf ihrem Teller zerbröselten, dass sich Krümelberge bildeten. Diese schaufelte sie mit einer leidenschaftlichen Zärtlichkeit in sich hinein. Ihre kleinen Augen glänzten dabei so, dass es einem selbst ganz feucht um die Pupille wurde.

Bevor Maia verschwand, hatte es beinahe jedes Wochenende solche Marmorkuchenberge bei uns gegeben. Doch seit sie fort war und wir tage- und nächtelang die ganze Nachbarschaft nach Löchern absuchten, griffen wir immer häufiger zu Tütensuppen, die wir beiläufig auslöffelten, ohne uns dabei zu lange in die Augen zu sehen.

Toms Bad

Keinen Bissen habe er hinunterbekommen. Beim Frühstück sei ihm das Brot im Hals stecken geblieben, kaum noch Luft – zum Glück wieder ausgehustet, und die Suppe zum Mittag, davon sei ihm schlecht geworden. Seit Jahren habe er sich nicht mehr übergeben und dann, ein wenig hätte er sich geschämt, wie im Vierten der ganze Boden und er wegen einem Putzlappen klingeln. Alles, weil er erfahren habe, dass sie ihn deswegen, also seinetwegen. Er habe das nicht gewollt, wirklich nicht, er habe doch nicht wissen können …

Die Rolmars seien fort gewesen, damit habe alles angefangen. Die Rolmars seien fort gewesen und hätten nicht daran gedacht, ihm, Tom, einen Schlüssel zu geben. Bei den Rolmars sei Tom nämlich immer ins Bad gegangen. Das sei das Schwierige am Leben im Aufzug: Es gebe dort kein Badezimmer, noch nicht einmal ein Klo. Das müsse man sich erst mal vorstellen. Tom holt tief Luft: Das müsse man sich erst mal vorstellen, man kann dort nicht einfach, wenn man muss, natürlich, dafür hätte er sich auch den Gummibaum hereingeholt, dort im Blumentopf in der Erde, da könne man mal schnell Wasser lassen, wenn es grad ruhig sei im Aufzug, auch eine Plastikflasche mit Trichter habe er sich zu diesem Zweck besorgt, er leere sie auch täglich, aber einmal am Tag bräuchte er schon eine richtige Toilette und waschen müsse man sich auch mal können. Jedenfalls habe der Junge von den Rolmars, freundlich sei er, wenn auch etwas seltsam, immer fahre er in den vierten Stock, obwohl er eigentlich im Zweiten wohne und seine Freundin direkt gegenüber. Was er oben wolle, habe Tom sich oft gefragt. Nein, ihn selbst nicht. Viel reden würden sie ja auch nicht, wenn sie gemeinsam hinauffuhren. Er würde meist im Sessel sitzen, und der Junge auf die Etagenanzeige schauen, stumm, und dann, beim Aussteigen, vielleicht zwei, drei Worte wechseln. Jedenfalls habe dieser Junge ihm einmal angeboten, er könne doch bei ihnen das Bad nutzen, und seitdem habe Tom jeden Vormittag bei den Rolmars geklingelt, ein Handtuch um die Schultern geworfen.

Auch an jenem Tag habe er bei den Rolmars geklingelt, erzählt Tom. Es sei ein sehr schwüler Tag gewesen, gerade im Aufzug bekomme man das schon zu spüren. Da sammelt sich die ganze heiße Luft und das Hemd klebt, fast könnte man es auswringen. Er habe zu den Rolmars gehen wollen, um zu duschen. Er habe geklingelt, ein paar Minuten habe er, das Handtuch um die Schultern, vor der Tür gewartet und auch mal geklopft und gerufen. Doch niemand antwortete. Sie wären einfach nicht da gewesen an dem Tag, wo es so heiß war, und er ohne Schlüssel. Also sei er zurückgegangen, in den Vierten, da parke er immer den Aufzug, es sei dort am ruhigsten. Er habe sich in seinen Sessel gesetzt und der Schweiß sei ihm auf die Nasenspitze heruntergetropft und da habe er sich gedacht, Tom, habe er sich gedacht, warum gehste nich hier im Vierten gucken, ob du nich duschen kannst.

Im Nachhinein habe er sich gefragt, warum er nicht einfach in die alte Will-Wohnung gegenüber gegangen war, die natürlich auch ein Bad haben musste. Aber leerstehende Wohnungen hätten bei ihm schon immer ein mulmiges Gefühl in der Bauchgegend verursacht, wie die Suppe am Mittag, besonders diese hier, deshalb sei er ja auch lieber in den Aufzug gezogen. Und außerdem habe er damals, als er hier einzog, nicht gewusst, dass im Vierten eine Wohnung leerstand.

Also sei er zur anderen Tür gegangen, habe geklingelt, gewartet, dann klopfen wollen und dabei gemerkt, dass die Tür nur angelehnt war. Vorsichtig sei er eingetreten, habe gerufen, er wollte ja Oscar nicht erschrecken, doch der habe nicht geantwortet, und Tom habe sich weiter vorgewagt und gedacht, wennschon dennschon, das Handtuch um die Schultern und Türen geöffnet und eine sei das Bad gewesen.

Er habe sich wirklich nichts Böses gedacht – Toms Stimme zittert ein bisschen –, er sei schnurstracks auf die Dusche zu, Wasser am Laufen und wie erfrischend das gewesen sei, und plötzlich habe er ein Wimmern gehört. Er den Duschvorhang zur Seite und da, direkt daneben im Bidet, da habe es gehockt und gewimmert und Tom habe nicht gewusst, wie er reagieren sollte, und dann habe er ein Knallen gehört, wie wenn eine Tür vom Wind und Tom habe sich erschrocken und sei schnell aus Bad und Wohnung gerannt, Handtuch um die Hüften, Klamotten in der Hand, nur die Schuhe, die habe er auf die Schnelle vergessen, und dann in den Aufzug rein und tief durchgeatmet.

Erschrocken ja, aber was Böses gedacht? Er habe ja nicht gewusst. Eine Erklärung gab es bestimmt. Er müsse ja auch eine Erklärung wegen der Schuhe, das habe er erst im Aufzug gemerkt und was Böses? Nein, auch er sei überrascht gewesen, als sie später den alten Oscar abgeführt hätten.

Spulen

Und während einer die Treppenstufen hinunterschlurft, beide Hände hinterm Rücken, fremde Hände auf seinen Schultern, gesenkter Blick, surrt es in einer unbeleuchteten Ecke des Hauses, als würde ein Film zurückgespult. Ein Klacken, flinke, geübte Hände, so hält die Zeit nicht allzu lange still, kurz surrt es wieder, ein Klick. Und im Treppenhaus schlurft der Mann weiter und dreht sich kurz um, als hätte er noch etwas gehört. Die Hände auf seinen Schultern weisen ihm mit einem kurzen Griff den Weg. Bald wird er die Tür durchschritten haben, den Blick ein letztes Mal heben und wissen, dass er für lange Zeit nicht hierher zurückkommen wird, und sich fragen, was währenddessen mit dem passiert, was er zurückließ. Manche werden lieber glauben, er wäre auf Reisen, und in einer gewissen Weise findet er, stimmt das auch. Ein leiser Klick in der Ferne, ein kurzes Blinzeln, und schon hat der Mann das Haus mit der Nummer 29 verlassen.

Chronisch schlaflos

Die chronisch Schlaflosen haben einen Pakt. Sie zählen hundert Augen, sind leise und werden ungemütlich, wenn es sein muss. Selten schlafen sie ein, und sobald es dunkel wird, steht mindestens einer von ihnen am Türspion, ein anderer auf dem Balkon.

Die chronisch Schlaflosen hocken aufeinander. Wenn das Licht ausfällt, strömen sie aus ihren Wohnungen, rücken zusammen, reichen Kerzen und Streichhölzer herum, haben keine Angst.

Die chronisch Schlaflosen haben einen Fernseher. Sie tragen wollweiche Haussocken und drehen den Ton leiser, wenn aus der Nachbarwohnung Stimmen dröhnen. Bei Vollmond hauchen sie gegen die Fensterscheiben, von ihrem Atem beschlagen die Balkontüren.

Manchmal haben die chronisch Schlaflosen Mundgeruch.

Chronisch Schlaflose sind gut organisiert. Sie haben eine Stimme, die säuselnd klingt, hervorstechende Augen und einen spitzen Mund. Chronisch Schlaflose klären Verwandtschaftsverhältnisse und unternehmen keine Alleingänge.

Wenn sie ein Problem haben, holen sich chronisch Schlaflose Rat bei Rita. Dennoch: Chronisch Schlaflose sind prinzipiell misstrauischer Natur. Sie überprüfen das gesprochene Wort, verachten Ironie und glauben nur, was sie selbst gesehen oder gehört haben.

Chronisch Schlaflose sind Meister der Spekulation. Sie wissen, wie man ein gutes Gerücht streut und haben keine Angst vor Konsequenzen.

Konsequent hingegen widmen sich die chronisch Schlaflosen mehrere Stunden am Tag der Zubereitung von Mahlzeiten. Sie verzehren durchgebratenes Fleisch und Gemüse in großen Mengen, mögen Sprühsahne, marktfrische Kräuter und den Geruch von Eingekochtem.

Selten sind chronisch Schlaflose in der Lage, eine Einladung auszuschlagen. Sie bringen Blumen für die Tischmitte und sind genügsam in der Konversation.

Trotz ihres großen Hungers sind chronisch Schlaflose ausgesprochen günstig in der Lebenshaltung. Mit unerwarteten Kosten für zu Bruch gegangenes Geschirr und auseinanderfallende Möbel ist dennoch zu rechnen.

Es ist empfehlenswert, die Haare von chronisch Schlaflosen zweimal wöchentlich zu waschen und zu bürsten. Cremt man ihnen regelmäßig den Rücken ein, bekommen sie eine ganz weiche Haut.

Chronisch Schlaflose haben einen Sinn für die Illusion. Sie behandeln Hoffnungsfunken wie Rettungsseile, werfen Lotteriescheine ein, reden von Träumen wie von Erlebnissen und verknüpfen lose Ereignisse zu einer guten Geschichte.

Manche der chronisch Schlaflosen haben Kinder. Das sind dann die Kinder im Haus, zumindest einige davon. Die Kinder im Haus spielen gern mit Feuer, doch das spielt für die chronisch Schlaflosen keine Rolle. Kinder im Haus sind Kinder im Haus und chronisch Schlaflose sind chronisch Schlaflose.

Von den chronisch Schlaflosen hat niemand ein Haustier.

1. Stock, Anbau: Fischsaison

In Rondas Schlafzimmer stand ein Aquarium. Ein entfernter Verwandter hatte es ihr eines Tages vorbeigebracht, einer, der immer auf Reisen war. Es war kein außergewöhnliches Aquarium. Quaderförmig, von Leuchtstoffröhren blau beleuchtet, darin träge kleine und mittelgroße Goldfische zwischen ein paar Algen. Es war auch kein besonders großes Aquarium, vielleicht war jedoch Rondas Zimmer so klein, dass es groß wirkte. Schon vorher hatte das Bett beinahe den ganzen Raum ausgefüllt. Und jetzt stand auch noch ein Aquarium an seinem Fußende, genau in der Lücke zwischen Bettgestell und Wand, sodass auf beiden Seiten kaum ein Fingerbreit Abstand blieb. Ronda konnte vor dem Einschlafen auf ihrem Bett liegen und Goldfische über ihre Fußspitzen hinweg schweben sehen. Hinter ihnen das bläuliche Licht und um sie das elektrische Surren der Pumpe, das Ronda in den Schlaf begleitete.

Ronda schlief besser mit dem Aquarium am Bett. Anfangs zumindest. Als das Surren sie in den Schlaf wiegte, als das diffuse Licht ihre Augenlider schwerer machte. Als sie sich noch nicht darum sorgte, was sie beim Aufwachen erwartete. Es war ein wenig, wie das Fenster im Zimmer zu haben, das dort fehlte. Wochenlang blickte Ronda in das Aquarium und schlief dabei ein. Wenn sie aufwachte, surrte die Pumpe immer noch, die Fische dümpelten im Wasser und alles war wie jeden Tag, seit einer, der immer auf Reisen war, ihr das Aquarium mitgebracht hatte.

Das ging so bis zu jenem Morgen, an dem Ronda noch im Halbschlaf mit einem Fuß über das Laken fuhr und dort auf etwas Kaltes stieß. Zunächst dachte sie, das sei ihr anderer Fuß, der so kalt war, und sie empfand dieses Grausen, wie wenn man eingeschlafene Gliedmaßen betastet, die sich völlig fremd anfühlen. Doch als sie auch diesen Fuß bewegte und mit ihm über dieselbe Stelle auf dem Laken strich, schreckte sie hoch. Wieder hatte das Kalte ihren großen Zeh berührt. Ronda hob die Decke an und beugte sich vor, sah, dass es einer der kleineren Goldfische war, der zwischen ihren Füßen lag. Um ihn ein nasser Fleck auf dem Laken. Ob sie wohl im Schlaf an das Aquarium gestoßen war? Doch das stand noch immer an seinem Platz: kein Riss in den Glaswänden, und die anderen Fische schwammen träge im Wasser, als sei nichts geschehen. Vorsichtig stupste Ronda den Fisch auf dem Laken noch mal mit dem Zeh an, in der Hoffnung, er würde sich dann regen und nach Luft schnappen. Doch nichts dergleichen.

Ronda stand auf, verließ den Schlafraum und kam mit einem Wasserglas in der Hand zurück, das sie auf dem Nachttisch abstellte. Mit spitzen Fingern nahm sie den Goldfischkörper vom Laken und ließ ihn in das Glas fallen. Er fühlte sich hart an. Als er ins Wasser fiel, spritzte es ein wenig. Ronda hatte gehofft, dass ihn der Kontakt mit dem Wasser wiederbeleben würde. Doch der Fisch schwamm nur reglos an der Oberfläche. Sie trug das Glas mit dem toten Fisch in den winzigen Flur. Hier befand sich das einzige Fenster der Wohnung, und Ronda vergrub die Fischleiche in einem Blumentopf auf der Fensterbank und überlegte, später eine hübsche Pflanze daraufzusetzen.

Am nächsten Morgen entdeckte Ronda drei leblose Fischkörper zwischen ihren Waden. Sie steckte sie zu dem anderen in den Blumentopf. Am Nachmittag kaufte sie eine Katzenminze, um sie dort einzupflanzen. Sie fand, sie blühe genauso blau wie die Aquariumbeleuchtung.

Als am nächsten Tag fünf Goldfische tot neben ihr im Bett lagen, ging Ronda in den Zooladen und kaufte dort neun Exemplare, die sie in wassergefüllten Plastiktüten nach Hause trug und dort zu den Artgenossen ins Aquarium warf. Rita beobachtete von ihrem Balkon aus, wie Ronda an den folgenden Tagen jedes Mal mehr Plastiktüten nach Hause trug. Sieben Fische hatten unter ihrem Nachthemd auf der Höhe ihres Bauches gelegen, acht auf Hals und Brust, ein einzelner unter ihrer Hüfte, ein anderer unter dem linken Arm. Er zappelte noch ein letztes Mal.

Eines Morgens stieß Ronda einen Schrei aus, als sie beim morgendlichen Toilettengang einen Goldfisch in ihrer Unterhose vorfand. Kurz verspürte sie den Drang, den Fisch in die Toilette zu werfen, die Spülung zu drücken. Dann entschied sie sich doch für den Blumentopf. An diesem Tag ging sie nicht mehr in den Zooladen. Es schien ihr, als würden – trotz der vielen, die sie mittlerweile begraben hatte – doch noch eine Menge Fische in ihrem Aquarium schwimmen. Am Abend blickte sie lange in das blau schimmernde Licht und zählte die übriggebliebenen Fische, die sich plötzlich doch schneller bewegten, als es Ronda bisher vorgekommen war. Sie schlief ein, während sie zählte. Am nächsten Tag kaufte sie neue Blumentöpfe und einen Sack Erde.

Es vergingen ein paar Tage, an denen sie morgens keine Fische in ihrem Bett entdeckte. Tage, an denen sie beim Aufwachen die Laken ausschüttelte und unters Bett schaute, um sicherzugehen, dass sie keinen Goldfischkörper übersehen hatte. Es vergingen weitere Tage, an denen sie aufwachte, und es war wie anfangs, nachdem sie das Aquarium geschenkt bekommen hatte, so als hätte sie niemals Fische in ihrem Bett vorgefunden. Bis sie, an einem Morgen, als sie nach ihrem Wecker tasten wollte, etwas Kaltes von ihrer Hand strich. Im nächsten Moment war ihr, als spüre sie etwas Glitschiges in ihrer Kehle. Sie hustete, spuckte dabei einen Goldfisch aus. Zwei kleinere zupfte sie zwischen ihren Haaren hervor, beim Aufstehen musste sie über einen Goldfischberg steigen. Sie achtete darauf, keinen der Körper zu zerquetschen. Ein paar steckten noch unter ihrem Nachthemd und fielen, während sie sich aufrichtete, auf den Teppich.

Drei Tage später waren tatsächlich alle Fische aus dem Aquarium verschwunden. Der letzte lag direkt neben Rondas Kopfkissen und schien sie anzuschauen. Das blaue Licht und das elektrische Surren der Pumpe begleiteten Ronda von nun an wieder in den Schlaf. Das leere Aquarium blieb im Zimmer, war das Fenster, das dort fehlte, und in das sie blicken konnte, seit der Verwandte ihr das Aquarium mitgebracht hatte. Auf ihrem Fensterbrett drängten sich Blumentöpfe mit Katzenminze, Katzen blieben jedoch fern. Eine Zeitlang überlegte sie, sich eine anzuschaffen.

Katzenklappe

Oscar hatte keine Katze, aber eine Katzenklappe zum Balkon hin. Im vierten Stock, da mutet das schon komisch an. Früher war ich ab und zu auf ein Bier bei ihm, doch das letzte Mal ist schon lange her. Als ich ihn einmal auf die Klappe ansprach, winkte er ab und meinte, im Grunde sei es doch nur ein weiteres kleines Fenster. Und Fluchtwege, so klein sie auch sein mögen, davon könne man nie genug haben.

Ich vergaß zu erwähnen, dass sich diese Klappe nur mechanisch von innen nach außen öffnen ließ.

3. Stock, Mitte, im Schrank: Farbpunkte

Es gibt keinen Lichtschalter im Schrank. Da ist nur dieser schmale Spalt zwischen den Türen, durch den Licht kommt, solange es an ist, im Zimmer. Es gibt keinen Lichtschalter im Schrank, und ich kann hier nicht raus. Nicht, solange sie in der Wohnung sind. Nicht, solange sie mich hören könnten. Nur ein schmaler Lichtstreifen ist es, der in den Schrank fällt. Der mich Farbschatten auf Grautönen erkennen lässt. Und jetzt flüstern sie, jetzt sagen sie, dass es schon spät ist, und gehen ins Nebenzimmer. Sie reden nebenan und haben das Licht ausgemacht, und ich sitze hier, im Dunkeln, und kann nicht raus, solange sie da sind.

Ich sitze hier im Dunkeln und mache die Augen zu. Mache die Augen zu und stelle mir vor, dass es nicht so dunkel ist, hier, und nicht so eng. Ich bin in einem großen, hell beleuchteten Schrankraum, mit vielen Türen, und jede Tür führt in einen anderen Schrankraum, und in jedem Schrankraum leuchten die Farben der Stoffe der Kleidungsstücke, die dort hängen. In dem einen grün, in dem anderen blau, im nächsten rot. Da gibt es Satinstoffe, die das Licht reflektieren, und Pannesamtstoffe, in deren Flor es sich hin- und herspiegelt, und Jeansstoffe, die es in sich auffangen und ersticken. Öffne ich die Türen, sind da noch mehr solcher Schrankräume, in dem einen leuchtet es cyanblau, in den anderen ultramarin und zinnoberrot und karmesin und rosé.

Wenn ich die Augen zumache, sind alle Schrankräume größer als dieser. Dort kann ich liegen, ohne die Beine anzuwinkeln, sitzen, ohne dass sie mir einschlafen, die Beine. Ich kann nicht schlafen, wenn ich im Schrank bin. Dabei mag ich den Schrank und die Kleidungsstücke, die hier hängen. Ich mache die Augen zu und versuche, mich zu erinnern, wie sie bei Licht aussahen. Die Male, die ich hier saß, die Schranktüren geöffnet, die Beine nach draußen gestreckt, das

Gesicht in Stofffalten versunken. Ich mache die Augen zu und kann nicht schlafen. Und nebenan reden sie, reden vielleicht eine Stunde, vielleicht schon zwei, und irgendwann kommen die Stimmen näher, und kurz geht das Licht an im Zimmer, wirft Streifen und Farbpunkte auf die Stoffe, dunkelgrün und graublau. Und ich schaue durch den Spalt, ganz schmal ist er, und ich muss mich vorbeugen und aufpassen, dabei mit den Knien nicht so stark gegen die Schranktüren zu drücken, dass diese aufgehen könnten. Und ich sehe durch den Spalt und sehe einen von ihnen, der nicht mehr spricht, nur schnauft. Ich sehe einen von ihnen, wie er sich auf die Bettkante gesetzt hat, seine Beine sehe ich eigentlich, und wie er die Schuhe auszieht – helles Wildleder – und die Strümpfe und die Hose – mit Bügelfalte – und alles zur Seite legt, auf den Stuhl, glaube ich. Dann geht das Licht wieder aus und ich höre sein Schnaufen und eine Weile später sein Schnarchen. Und ich sitze hier im Dunkeln und kann nicht schlafen. Muss hier drin bleiben, solange sie in der Wohnung sind und mich sehen könnten, wenn ich rauskomme. Muss hier drin bleiben, bis sie weg sind, bis Nina kommt und mich rausholt.

Hörst du

Hörst du?

Wenn du ganz still bist?

Einen Augenblick.

Das Klopfen gegen die Wände.

Ein Schlagen vielmehr.

Mit einem Stein.

Zwei Steine gegeneinander?

Schlaf ein.

Socken

Die Kinder im Haus trugen keine Socken. Jeden Herbst kauften die Mütter den Kindern je ein Dutzend neuer Sockenpaare, die nach und nach aus den Schubladen verschwanden. Am Jahresanfang fanden sie meist nur noch die leere Schublade vor. Manche Sockenpaare tauchten irgendwann wieder auf, wurden erdverschmiert von einem Tier hinterm Haus ausgegraben, zu einem festen Klumpen zusammengefroren aus der hintersten Ecke der Kühltruhe herausgezogen oder aus einem verstopften Toilettenrohr befreit. Die meisten Sockenpaare jedoch blieben unauffindbar. Im Sommer trugen die Kinder im Haus meist auch keine Schuhe. Wenn man dann das Getrappel von nackten Füßen im Treppenhaus hörte, wusste man, dass die Kinder in der Nähe waren.

Treppenhaus, Unfall

Ja wie ich stand an der Treppe, also die Treppe am Hinuntergehen war noch mal los zur nächsten Tankstelle, was hat denn sonst noch auf um diese Zeit und morgen schon Feiertag und neben mir Ronda, wir hatten uns getroffen beim Hinuntergehen und ich hatte natürlich gegrüßt, normalerweise ist sie mir ja sympathisch und so, aber dann hängt die sich jetzt dran und labert von irgendwelchen Fischen, die sie sich wohl gekauft hat und wie eklig das wäre, wenn die morgens in ihrem Bett und, Fische in ihrem Bett, ich glaub, die hatte selbst mal den Kopf zu lange unter Wasser und überhaupt, was will die mit einem Aquarium, die Wohnung ist eh schon viel zu klein, aber was solls, ist doch nicht mein Problem und, jedenfalls erzählt die mir da von ihren Fischen und hinter uns steht irgendwann Rita, die natürlich etwas langsamer geht, ist ja nicht mehr die Jüngste, weiß auch gar nicht, wo die hinwill jetzt, aber sie geht hinter uns, und überhaupt Rita dieses Biest von einer Frau denkt wohl man müsste sie mögen, weil ja Hausinventar und kennt alles und jeden und die ganzen Geschichten hier seit immer und, oh ein paar Socken soll sie mal gestrickt haben für, nein Wollhandschuhe, ist ja auch egal, aber die brauchte sie ja so dringend und drum gebeten hatte sie ja noch nicht mal, ja, aber wenn man tatsächlich was braucht von der alten Rita, was wissen will, also jetzt wirklich, dann ja und hm und tischt sie dir irgendeinen Blödsinn auf einfach nur aus Spaß wahrscheinlich, warum auch sonst, hat ja sonst kaum Hobbys im Leben außer auf dem Balkon sitzen und stricken, ein Aug' auf die Leute haben, ja nichts verpassen, das kann sie, und seelenruhig gehen wir da die Treppe runter Ronda und ich, also die Ronda stand ein zwei Stufen unter mir, deswegen konnte sie ja nicht, aber ich geh da so die Treppe runter und denk mir nichts Böses, will nur mal schnell zur Tankstelle, bevor die auch noch zumacht, also den Teil, wo man auch mal 'n Brötchen und Drogeriezeugs und so kriegt, weil Benzin kriegt man ja immer, und auf einmal spür ich da was Kaltes im Rücken, also so richtig kalt, was mich da anpackt und gar nicht mal so zimperlich, richtig fest, dass ich mich kaum noch halten kann und auch vor Schreck und nachher haben sie gesagt, der Boden wär auch rutschig gewesen, frisch geputzt und so, aber mal ehrlich, nur davon kann es ja nicht sein, ich weiß doch, was ich gespürt hab an meinem Rücken und Rita stand hinter mir und sonst hab ich da niemanden gesehen und ich bin ja auch nicht blind oder so, für doof verkaufen könn sie mich auch nicht, da schubst die mich also runter mit ihrer kalten Hand oder was weiß ich was die hatte, und ich rutsch aus und kuller ein paar Stufen runter, also es waren ja schon mehr als ein paar bis zur nächsten Etage bin ich geschlittert, und Ronda, die stand irgendwie so blöd daneben und sagte, es wäre alles so schnell gegangen und sie hätt gar nicht richtig reagieren können und wie leid ihr das alles täte, jaja, aber selbst gefallen ist sie ja nicht, hat die ganzen Stufen nicht gegen die Wirbel schlagen spüren.

Mir ist schwarz vor Augen geworden, eine ganze Etage also bis in das Erdgeschoss bin ich die Treppen runter und hab nichts mehr gesehen irgendwann, nur gesagt haben sie's mir nachher, wie schmerzvoll das ausgesehen habe und wie ich dann die Augen aufschlug, ich weiß nur, es roch plötzlich nach Wald und süßen Früchten wie früher als Kind bei diesem Ausflug mit der Tante im Frühling und die Marmeladenbrote, die sie dabeihatte zum Picknick, danach hat es plötzlich gerochen, und als ich die Augen aufschlug, hatte sie sich über mich gebeugt, ich weiß nicht, woher sie kam, vielleicht gerade durch die Tür unten, sie war es, die sich über mich beugte, und nicht etwa Ronda oder gar die Alte, die zu dem Zeitpunkt schon über alle Berge war, jedenfalls gesehen habe ich sie nicht mehr, nachdem ich die Augen aufschlug, kein Wunder, ich wär auch weggelaufen an ihrer Stelle, aber Lina hatte sich über mich gebeugt wie ich die Augen aufschlug war sie über mir und ich konnte ihr Haar riechen, wie es mir über die Haut strich und am Hals kitzelte, nach Wald und süßen Früchten roch es, und alles in Ordnung, fragte sie und ihr Haar wippte nach vorne, wie gut es roch, wie gern tät ich sie daran greifen und ihren

Kopf in meinen Schoß drücken, ja, ich glaube schon, sage ich und dass ich etwas Kaltes gespürt habe vor dem Fall an meinem Rücken und sie blickt mich an mit diesen Augen honigbraun und mein Rücken, der schmerzt und nein, gebrochen fühlt es sich nicht an, wenn ich die Hände aufstütze, kann ich mich aufrichten und oh, aber das wird bestimmt so richtig fiese blaue Flecken geben wie damals, als ich vom Rad gefallen bin vor Schreck wo da der Hund auf mich zugelaufen kam, wann war das noch, im Herbst vorvorletzten, glaub ich, ja, da muss es gewesen sein, wo ich dann dieses Öl bekommen hab aus Arnikablüten zum Einmassieren und es dann langsam braun und gelb wurde unter der Haut, kann ich dir helfen, fragt sie, nein, es geht schon, ihre Hand streift meinen Arm, ich stehe wieder, es geht, ein bisschen weh tut der Rücken nur, nein, ich brauche nichts, ich glaub aber ich bleib für heute erst mal zu Hause, was aus der Tankstelle mitbringen will Ronda mir, ich winke ab, sie winkt beim Gehen, es tät ihr gut mal rauszukommen aus der engen Wohnung, wo sie da die Fische hält, noch nicht mal Fenster da am Raufgehen sind wir jetzt, Lina und ich, sie zu ihrer Wohnung und begleitet mich ein Stück, mach's gut und du brauchst wirklich nichts, wie gern tät ich sie begleiten, das wär schon was, gut sie hat Don, aber wo ist er denn wer hat ihn denn gesehen, die letzten Jahre, das letzte Mal, wann war das noch, ewig her auf jeden, nein, beim letzten Grillfest war er auch schon nicht mehr da, dann kann man doch auch nicht mehr so tun wie wenn sie ihn hätte, aber nein, alles gut, wirklich, aber wenn sie Rita sähe, solle sie mir Bescheid sagen, also ich bin mir da ziemlich sicher, dass ich da nicht alleine und sie ist ja dann über alle Berge und ich hab doch was Kaltes gespürt, nein, keine Dummheiten denk ich mir aus, aber überhaupt das kann man doch nicht auf sich beruhen lassen, also aus Prinzip will ich das nicht, nein, ich mach doch aus ner Mücke kein' Elefanten, jetzt hält sie mich noch für wahnsinnig, es hätte ja wesentlich schlimmer, ich weiß und warum sollte sie, ja wasweißich, aber gut, ja, mach's gut, ihr Lächeln beim Abschied der Geruch von Wald und süßen Früchten, also wenn sie mich jetzt reingebeten hätte, egal warum, um mir das mit Rita auszureden, also ich hätt ja gesagt, ja.

3. Stock, Mitte, im Schrank: Warten

Nina hat gesagt, sie würde bald wiederkommen. Ein paar Stunden nur, ein paar Tage vielleicht, müsse ich mich gedulden. Aber Angst solle ich keine haben, denn sie komme wieder, ganz bestimmt. Nur leise solle ich sein, und nicht sehen lassen dürfe ich mich, während sie da seien.

Nina hat Kekse in die Manteltaschen gesteckt, in die greife ich, wenn mein Magen knurrt, denn sie könnten es ja hören, das Knurren. Mit angezogenen Knien kaue ich die Kekse. Ich greife in die Manteltaschen, wenn ich Hunger habe, ziehe Krümel aus den Nähten. Ich greife in die Stiefel zu meinen Füßen, in die Nina Wasserflaschen gesteckt hat, trinke, fülle sie später auf.

Es fühlt sich an, als wäre es lange her, dass Nina ging, dass sie mich hierhinein setzte und sagte, ich solle ganz ruhig bleiben und warten, bis sie fort seien. Dass sie meinen schmalen Körper hineinhievte, hier, wo es keinen Lichtschalter gibt, auf die gefalteten Hemden und Pullover. Sagte, ich solle die Augen zumachen, versuchen zu schlafen. Sagte, sie würde bald wiederkommen, nicht rühren solle ich mich. Sagte, das sei doch mein Lieblingsplatz. Mein Lieblingsplatz mit offenen Türen, mein Lieblingsplatz in Farbe.

Ich mache die Augen zu und überlege, wie oft ich durch den schmalen Spalt das Licht im Zimmer habe an- und ausgehen sehen. Wie oft ich Schritte hörte und Stimmen. Nackte Beine auf Spannbettlaken. Schlafgeräusche. Ich weiß nicht, ob ich geschlafen habe, zwischendurch. Ob ich irgendwann, als ich die Augen zumachte, vergessen konnte, dass es dunkel ist um mich herum.

Ich weiß, ich habe irgendwann aufgehört zusammenzuzucken, wenn ich sie wieder näherkommen hörte, die Stimmen. Wenn ich Schritte auf mich zukommen spürte. Nina hatte gesagt, ich solle mich nicht beunruhigen, sie würden die Schranktüren schon nicht aufmachen. Nicht, solange sie nichts hörten von mir. Nicht, solange sie keinen Grund hätten, mich hier drin zu vermuten. Wenn der Lichtstrahl durch den Türspalt in den Schrank kommt, recke ich mich ihm entgegen, damit er über mein Gesicht statt auf die Mäntel fällt. Die Hände weich auf die Stoffstapel abstützend, versuche ich mich dabei möglichst lautlos zu bewegen.

Es ist still geworden im Zimmer. Auch von nebenan höre ich schon lange keine Stimmen mehr. Es kommt mir vor, als würde der letzte Lichtstrahl auf meinem Gesicht eine Ewigkeit zurückliegen. Die Augen habe ich zugemacht danach. Einmal, zweimal, mehrfach. Geschlafen habe ich nicht, glaube ich, ich kann nicht schlafen, wenn es dunkel ist. Ich habe in die Manteltaschen gegriffen, in ein paar Sakkotaschen auch, über Futter aus Baumwoll- und Polyamidmischungen gestrichen und nur ein paar Krümel gefunden. Ich habe mir vorgestellt, wie es wäre, einen davon zu tragen, Schurwolle schwarzblau oder Glencheck-Karo. Ich habe die Augen zugemacht und mir vorgestellt, damit vor einem Buffet zu stehen, die Farben zu sehen, zartgrüne Salatblätter und aufgeschnittener Lachs und eine Schüssel mit Obst, zum Nachtisch: dunkelviolette Weintrauben und hellrote Melonenstücke.

Es ist schon eine Weile her, seit mein Magen aufgehört hat zu knurren. Vielleicht war es aus Angst, dass sie es hören könnten, wenn sie hier im Zimmer stehen und reden oder wenn er sich ins Bett legt. Ich habe mir gedacht, dass er jetzt knurren könnte, mein Magen, denn es ist schon lange still hier, glaube ich zumindest, und so laut wäre es auch nicht, das Knurren, hier zwischen den Pullovern. Ich könnte sogar niesen, vielleicht, ohne dass sie mich hören. Niesen, wenn ein Lavendelkissen gegen Motten zwischen den Bügeln herunter und auf mein Gesicht fällt. Niesen, wenn mir der Lavendelgeruch in die Nase steigt – Motten gibt es keine, wenn es dunkel bleibt. Niesen, gedämpft, gegen das Lavendelkissen. Das hat doch keiner gehört.

Es kommt mir vor, als hätte ich lange nichts mehr von ihnen gehört. Als könnte ich langsam einen Spalt öffnen, obwohl Nina gesagt hat, ich solle mich nicht rühren. Ich könnte langsam einen Spalt öffnen, bevor die Schritte kommen. Waren die Schritte schon vor, oder erst nach dem Niesen da? Aber jetzt kommen sie näher, jetzt kommen sie ins Zimmer. Sie kommen näher, und ich habe den Spalt wieder zugemacht, habe meinen Körper gegen die Schrankwand gepresst, die Luft angehalten. Sie kommen näher, so nah waren sie noch nie, Frauenschritte. Jemand kommt näher und greift nach dem Knauf und ich denke nur Nina! Und ob sie wiedergekommen ist, wie sie es versprach. Sie hatte gesagt, sie würden die Türen schon nicht öffnen, und ich denke nur Nina? Und dann geht die Tür auf und das Licht kommt rein.

Treppen

Besser, man geht früh genug aus der Wohnung, wenn man rechtzeitig irgendwo sein muss. Einmal wollte Lukas mittags noch schnell Brot kaufen. Im zweiten Stock wohnte er, die Bäckerei war an der Straßenecke, keine große Sache, würde man denken. Rita sah ihn zur Tür hinausgehen, er winkte ihr zu. Zwei Stunden später hätten ihn Toni und Bell fast am Treppenabsatz umgerannt, als sie aus der Schule kamen. Als es dunkel war, sahen ihn die chronisch Schlaflosen nach Hause kommen, Brot hätte er nicht dabei gehabt, und als sie ihn fragten, schüttelte er nur traurig den Kopf und meinte, die Bäckerei sei schon zu gewesen.

Und E., der im dritten Stock wohnt, hat es einmal geschafft, auf dem Weg in den Keller Lina zu erzählen, was er in den vorherigen acht Nächten geträumt hatte. Er war fertig, bevor er auch nur einen Fuß in die Nähe der Kellertür setzte. Getrödelt hatte er nicht, das hätte Lina schon gemerkt. E. war nicht so jemand, man sollte sogar dazusagen, dass er äußerst schnell spricht.

Und dann kommen die Kinder und rutschen das Geländer hinunter oder nehmen mehrere Stufen auf einmal, laufend und springend, landen dann mit dem Hintern auf einer Stufe. Das gibt blaue Flecken. Vom geprellten Steißbein ganz zu schweigen.

Und dann kommt Rita und klagt über Rückenschmerzen. Marta Rolmar hat ein Öl zum Einmassieren. Mit den Fingern zwischen die Wirbel. Nach einer Weile wird es dann besser.

Rita strickt

Rita wohnt schon immer hier. Länger als wir alle zumindest.

Keiner weiß, wie alt sie ist. Vielleicht hundert. Ihre Haare waren schon grau, als ich noch ein Kind war.

Alles soll sie hier miterlebt haben.

Einmal stand ich abends auf der gegenüberliegenden Straßenseite. Es war Sommer und noch hell draußen, und als ich hier rüberblickte, bemerkte ich, dass Rita auf dem Balkon saß. Sie schien zu mir zu schauen, die Augen nicht von mir abzuwenden. Fast war es mir ein bisschen unangenehm. Ich winkte ihr zu, doch sie regte sich nicht und starrte nur weiter in meine Richtung.

Von ihrem Balkon aus kann man alles sehen, die ganze Straße.

Immer sitzt sie dort, außer wenn es regnet. Einen alten Korbstuhl hat sie da stehen, da sitzt sie drauf. Meistens strickt sie irgendwas, aber sie schaut nie auf ihre Hände dabei, sie schaut auf die Straße.

Lasst euch nicht täuschen, sie sieht nichts. Gar nichts mehr, schon seit Jahren.

Und woher wusste sie dann, dass der Will rote Haare hatte?

Ausgedacht. Oder hat sonst etwa jemand diesen Will gesehen?

Immer ist es ausgedacht, immer, wenn man sie fragt.

Hier, diese Handschuhe. Hat sie mir mal gestrickt. Hab sie gar nicht drum gebeten, obwohl ich welche brauchte. Einmal klingelte sie an meiner Haustür, drückte mir dieses Paar in die Hand und sagte: Für dich. Und dann duldete sie keine Widerworte.

Man darf sie nur nichts fragen, dann lügt sie. Aber wenn man sie erzählen lässt, von sich aus, dann kann alles Mögliche kommen. Dann muss man schon bereit sein, die Sachen hinzunehmen, die sie zu erzählen hat.

Einzelne Brocken wirft sie dann hin. Mit Informationen, die muss man erst mal sacken lassen.

Manchmal steht sie am Fenster. Wenn es draußen sehr kalt ist, dann steht sie am Fenster und lugt ab und zu zwischen den Gardinen hervor. Und wenn man ganz genau hinschaut, erkennt man ihre klarblauen Augen zwischen den Schneekristallen.

Einmal hat sie mich runtergestoßen, die Treppe. Ich glaube, das war Absicht.

4. Stock, links: Manchmal liege ich

Manchmal liege ich hier und schaue einfach zur Decke. Obwohl ich die Augen aufhabe, ist es, als wären sie zu. Ich atme den Staub ein, der hier immer herumfliegt. Spüre, wie es in meiner Nase juckt, und muss lächeln.

Ich denk an alles und an nichts. Lasse einfach laufen. Denk an das Muster der Fliesen in unserem Bad, die grünen Stellen, die sich an den Kachelrändern bilden und an die gezackten Lichtflecken, die die Schlafzimmerlampe immer auf meine Bettdecke wirft. Hier ist nichts uneben, nichts Unregelmäßiges. Noch nicht einmal Kabel hängen von der Decke, dort, wo früher Lampen hingen, keine Steckdosen oder Lichtschalter lassen sich an den Wänden entdecken. Streicht man drüber, mit der flachen Hand, ist es glatt. Keine Spuren von dem, was hier einmal gewesen sein könnte. Auf dem Boden eine Staubschicht, doch wenn man darübergeht, bleiben keine Fußabdrücke zurück. Nichts lenkt dich davon ab, dass du allein bist. Auch als ich mit Bell hier war, fühlte es sich nicht anders an. Ein dichteres Allein vielleicht. Eins mit fremdem Atem am Ohr.

Manchmal liege ich hier und erlebe ein Alleinsein ohne Teegeschirrgeklapper und Bruderschnarchen. Ein Alleinsein, bei dem dir keiner zusieht; das dir nicht peinlich sein muss deshalb, das du nicht zu ersticken versuchst, indem du als Erster die Initiative ergreifst. Das zugleich beruhigend und beklemmend wirkt.

Ich denke an alle diese Momente und gleichzeitig nicht daran. Streiche mir über die rindenähnliche Narbe am Arm, die mir vom letzten Jahr geblieben ist, vom ersten Mal, als ich versuchte, in diese Wohnung zu klettern, und bewege mich doch keinen Millimeter: auf dem

Rücken liegend, die Arme seitlich daneben, die Handflächen nach unten, auf den Boden gepresst.

Manchmal denke ich: Bell! Und dann wieder: Gut, dass Bell nicht … Ich kenne Bell, seit ich zurückdenken kann. Ich bin hier geboren; als Bell herzog, war ich noch sehr klein, ich weiß gar nicht, wann das war.

Bell denkt, ich verstecke mich hier oben. Hier zu liegen ist alles andere als verstecken. Es gibt nichts, was einen Schatten auf dich wirft, keinen Punkt, den man fixieren kann. Aber ich weiß, das kann man nicht verstehen, ohne hier zu liegen.

Machmal ist es zu viel. Manchmal sind es alle, und dann sind da Bell und ich und dann nur ich und dann … oben ist nur weiß ist nur oben.

Ich möchte nicht verschwinden, noch nicht.

Manchmal denke ich, es wäre Stromausfall – ich weiß nicht, warum.

Wohnzimmer, sitzend

Also manchmal frage ich mich schon, was du denn hast mit den, also, was dir denn heute aufgefallen ist, na sag schon, irgendwas ist ja immer.

Warum denn so forsch heute? Was ist denn los?

Na, nichts, aber irgendwann. Da könnte es auch mal jemand anderes sein, dem was Besonderes auffällt.

Ach?

Na, mir zum Beispiel.

So?

...

Was denn? Wenn es nicht zu viel verlangt ist, mit der Sprache herauszurücken?

Verbrannt hat es gerochen.

Verbrannt. So? Und das soll etwas Besonderes sein? Die Kinder im Haus, die machen ja stän-

dig ihre Experimente mit der Grillpfanne da unten, ja, ja. Aber das war es nicht.

Sondern?

Also hinter der rostfarbenen Tür, da war ein lauter Knall und –

Rostfarbene Tür? Wo soll die denn gewesen sein?

Na, jedenfalls kam dann so eine große Flamme. Ach was, groß, monströs. Und die hat sich dann durch die Tür gefr-

Eine blühende Fantasie, das hast du. Wach geträumt, vielleicht.

Du wirst es auch schon noch riechen, wenn es runterkommt.

Na bis jetzt kann man ja nicht sagen, dass –

Wobei ich die Kinder im Haus schon verstehen kann. Also manchmal stelle ich mir vor

Na also, gibst du jetzt mal zu, dass du dir alles nur vorgestellt hast.

Also etwas anzuzünden, das hat schon was.

Ach.

Einfach mal. Also die kleine Flamme, die dann wächst und wächst und sich durchfrisst durch Holz und Stoff und

Und da fragst du noch, was mit mir los ist?

frisst sie sich eigentlich auch durch Stein?

Also die Neugier der Kinder da, das kann ich schon verstehen.

Da hält dich keiner auf, wenn du jetzt lieber zu denen willst, da. Also wenn sie dich jetzt lassen. Das kann ich mir nicht vorstellen, eigentlich. Kind bist ja auch keins mehr.

Nur etwas Angst hätte ich. Das ist ja schon unkontrollierbar mit so einer Flamme. Einfach durch die Tür gestoßen wie Butter. Ja wie es knistert und knackt, wenn es sich durchfrisst. Meine Knie sind noch butterweich davon.

Butterweich die Knie? Ich sag jetzt mal lieber nicht, was noch butterweich ist an dir.

Wie soll das denn gemeint sein?

Na, ob du denn nicht langsam zugeben möchtest, dass du dir das Ganze nur, also du willst dich doch nur wichtig machen damit.

Was denn?

Wie bitte?

Rostfarbene Türen, ja wo gibt's denn sowas?

Na gut, wenn du mir nicht glaubst. Wirst selbst schon sehen, wo du dann bleibst, wenn es sich richtig durchgefresssen hat. Riechen willst ja auch nichts plötzlich.

Vielleicht würde uns etwas frische Luft schon gut tun. Wir sollten uns auf den Balkon setzen, solange es noch hell ist draußen.

1. Stock, links: Stromausfall

Alles ist ausgegangen. Der Herd mit dem halbgaren Hähnchen darin. In der Nachbarwohnung das blaue Leuchten und die blubbernde Aquariumpumpe, hier das Fernsehflimmern und überhaupt jedes Licht, das uns beruhigte. Mit den Händen auf unseren Bäuchen sitzen wir im Dunkeln, reden nicht, warten nur. Wir sehen nicht in unsere Gesichter, können es nicht, aber wissen voneinander, dass unsere Blicke alle auf die dunkle Scheibe des Apparates gerichtet sind. Zwischendurch schließen wir die Augen und glauben, ein Feuer knistern und knacken zu hören wie von einem Kamin. Es ist warm im Zimmer. Obwohl die Fenster hinter unseren Rücken offen sind und zwischendurch eine kalte Brise über unsere Haut zieht. Heute Nacht haben wir Neumond. Wir möchten uns nicht umdrehen, wollen nicht wissen, wessen kalter Atem es ist, der durch die Fenster hereinweht. Wir warten. Wissen, früher oder später wird das Licht wieder angehen, die Stimme des Moderators vom Bildschirm die Stille unterbrechen und das Hähnchen weiter im Ofen braten. In Gedanken lecken wir uns das Salz von den Fingern. Bis jetzt ist es immer wiedergekommen. In unregelmäßigen Abständen verschwindet es, dann sitzen wir da, so wie jetzt. Kerzen haben wir keine mehr, sie fallen zu leicht um und hinterlassen einen wachsig-rauchigen Geruch, wenn der Wind sie ausbläst. Batterien haben wir noch nie gekauft. Wir sind viele geworden, so, wie wir hier sitzen. Gezählt haben wir uns nie, doch früher waren wir weniger, da hat ein Hähnchen noch gereicht. Früher waren wir weniger und saßen dichter beieinander.

Erdgeschoss, links: Zwillinge

Früher haben hier die Cols gewohnt. Eine Familie mit zwei Jungen, Flo und Eli waren keine Zwillinge wie die Gramos, aber sahen sich sehr ähnlich. Die Mutter, Iena, eine schmale, aber kräftige Frau. Sammelte Steine auf der Straße und trug sie mit einem Eimer in die Wohnung. Für die Kinder, sagte sie, die Jungen bauten mit Sekundenkleber Tiere daraus und malten sie mit knalligen Farben an. Zu den anderen Kindern im Haus wollten sie nicht, hatten Angst vor rauchigen Stimmen und schwarzen Fußsohlen. Stein brennt nicht, hätten diese gesagt und auf die bunten Socken der Jungen gezeigt, die sie trugen, obwohl sie löchrig waren. Nur mit Alis redeten sie, hatten ihr wohl eine Steinfigur geschenkt. Als sie dann fort waren, ziemlich schnell ging das, die Cols waren nur kurz hier und dann, von einer Woche auf die andere, haben sie den Auszug angekündigt. Danach waren eine Zeit lang nur Handwerker in der Wohnung, und man hat immer lautes Klopfen gehört.

Treppenhaus: Auf dem Sprung

Nein, die Morans sind ihr nicht bekannt, Ronda hält ihre Arme vor der Brust verschränkt, den Namen hört sie zum ersten Mal, ob sie denn eine Katze gehabt hätten, will sie wissen, bei dem Wort Katze haben sich die Härchen auf ihren Armen aufgerichtet oder, nein, ich muss mich geirrt haben, aber ich habe schon den Eindruck, dass das ein heikles Thema bei ihr ist mit den Katzen, nicht, dass ich es selbst noch nie gerochen hätte und mich dann gewundert woher, aber es ist nicht so wichtig, ob jetzt Fisch oder Katze, dass sie ja auch noch nicht so lange hier ist, sagt sie, aber wenn man an Rita oder Lina, meine Lina, und die anderen denkt, bin ich das ja auch noch nicht, nein, darum geht es nicht, ich habe nicht deshalb gefragt, ich möchte nicht, dass sie das falsch versteht, aber warum sie denn in die winzige Wohnung gezogen ist mit dem Zimmer so ganz ohne Fenster, das würde mir nicht ganz einleuchten, ein bisschen nah am Kalauer, na ja, aber sie geht nicht darauf ein, scheint etwas neben der Spur überhaupt, aber das wäre ich auch, wenn ich so wohnen würde, nicht gewusst, dass es was ausmachen würde, ach, aber geschlafen hat sie trotzdem besser mit dem Aquariumlicht, zumindest zeitweise, nicht, dass es mich wundern würde, mich wundert hier immer weniger, wie Ronda den Kopf schüttelt, wie jemand, der es nicht gewohnt ist, dass man ihm glaubt, aber die Fischgeschichte hab ich nun schon häufig genug gehört, da muss ich wirklich nicht, wobei, so im kühlen Wasser, bei der Hitze, das wär schon was, und das Futter bekommt man auch noch reingeschmissen, scheint schon kein schlechtes Leben, das man da hat als Fisch, also ich würde da nicht gleich wieder rausspringen, aber mittlerweile scheint sie sich eh auf Katzen versteift zu haben, überlegt noch, was für eine es sein soll, na damit kenn ich mich nicht aus, nein, und die Morans haben wirklich keine gehabt, wobei, wer weiß, man weiß ja nie, aber los muss ich eigentlich auch, na man sieht sich eh.

4. Stock, Aufzug: Der Abend des Tages, an dem es so heiß war

Toni war der Erste, der Tom nach dem Vorfall sah. Es war schon später Abend, als er zusammen mit den anderen Rolmars in das Haus zurückkehrte. Die Schwüle des Tages lag noch in der Luft, und Toni nutzte dies als willkommenen Anlass, um sich aus der Wohnung zu stehlen. Er bräuchte noch etwas frische Luft, erklärte er, kaum angekommen. Doch anstatt nach draußen zu laufen, lief er hoch in den Vierten. Das Treppenhauslicht hatte er nicht eingeschaltet, und so wurde das Stockwerk allein vom Aufzuglicht beleuchtet. Und aus dem Aufzug selbst kam eine Art Hecheln.

Toni fand Tom auf dem Aufzugboden. In einer Ecke hockte er neben dem Sessel, die Knie an die Brust gezogen, ein schweißnasses Handtuch um den Nacken gelegt, mit halboffenem Mund atmete er so hörbar schnell und laut, dass Toni nicht anders konnte, als sich besorgt zu ihm herunterzubeugen. Dass Tom ganz ausgetrocknet war, merkte Toni schnell. Er verschwand für ein paar Minuten und kehrte dann mit einem Glas Wasser zurück, das er Tom reichte. Dankbar nahm Tom ihm das Glas aus der Hand, trank es in einem Zug leer, streckte dann die Beine aus und begann, auf Toni einzureden: Wo sie denn gewesen seien, fing er an, ja, wieso sie ihm nicht Bescheid gesagt hätten, dass er heute, an diesem Tag, bei dieser Hitze, nicht bei ihnen ins Bad könne, weil sie nämlich gar nicht da seien. Wenn ihm nur jemand Bescheid gesagt hätte, dann wäre er, Tom, nicht mit dem Handtuch um die Schultern und nichtsahnend hinuntergegangen, hätte nicht vor verschlossener Tür gestanden und wäre dann auch nicht wieder hoch in den Vierten und zu Oscar in die Wohnung und ins Bad, weil er gemerkt hätte, dass die Tür dort offen stand. Und genützt hätte es trotzdem nichts, denn er sei gleich wieder aus dem Bad gerannt nach dem, was er dort gesehen hätte, sogar seine Schuhe hätte er vor Schreck vergessen.

Schweigend hörte Toni sich an, was Tom zu sagen hatte über das, was er in Oscars Bad fand. Keine vollständigen Sätze waren es, aber Toni zog seine Schlüsse. Und dachte, wenn das wirklich stimmen sollte, was Tom ihm erzählte, dann müsste man etwas unternehmen. Oscars Bad sei nicht der richtige Ort dafür. Darauf könne er es nicht ernsthaft angelegt haben. Doch zunächst wollte Toni sich vergewissern, dass das, was Tom sagte, auch stimmte. Er müsste sich selbst in Oscars Bad schleichen und es mit eigenen Augen sehen.

Toni versuchte, Tom zu beruhigen. Er zog ihm das schweißnasse Handtuch vom Nacken. Sagte, dass er ihm zu Hause ein frisches geben würde. Reichte ihm die Hand und half ihm aufzustehen. Zusammen gingen sie hinunter in die Rolmar-Wohnung, wo Toni etwas essen und Tom duschen würde. Über Toms Besuch in Oscars Bad redeten die beiden nicht mehr. Wahrscheinlich hat Tom sich wieder beruhigt, dachte Toni, als dieser in den Aufzug zurückkehrte. Danach legte er sich schlafen. Es war spät, und der Bruder schnarchte schon eine ganze Weile.

Treppenhaus, Kellereingang, Mittag

Der Lukas, der rannte schon hin und wieder die Treppen hinunter, und im Treppenhaus war es nicht selten, dass es etwas roch, also vor allem samstags, wenn die Kinder da hockten und Sachen verbrannten.

Und Lukas, der war ja nett, der sagte Hallo und die Kinder blickten von ihrer Grillpfanne auf und sagten Hallo und Lukas fragte: Was macht ihr da? Und meinte damit: Was werft ihr denn diesmal ins Feuer.

Die Kinder drucksten erst etwas herum. Das ist kein Spiel für die Uneingeweihten, das, was sie da tun, davon waren sie überzeugt. Nichts, nur alte Hefte und so Zeug, sagten die Kinder daraufhin womöglich. Allzu sehr stank es ja nicht.

Aha, sagte Lukas dann. Und: Schönen Tag noch. Und ein bisschen neugierig muss er wohl trotzdem geschaut haben, als er gehen wollte, denn eines der Kinder, das rief: Magst du nicht mal gucken.

Und ja, warum nicht, muss sich Lukas gedacht haben, als er zurückging und sich dazustellte zu den Kindern im Haus. Sie scharten sich um die Grillpfanne und stocherten mit einem Stock in den Kohlen herum. Ein paar glühten noch.

Mit einem zweiten Stock wurde ein Kohlestück dann aus der Pfanne geworfen. Sieht fast aus wie ein Stein, rief einer. Und hart ist es auch noch geworden, ein anderer, der versuchte, es mit einem der Stöcke aufzuspießen.

Die Regeln der Kinder im Haus verlangten, dass das Experiment nun wiederholt wurde. Ein paar Versuchsobjekte hatten sie schon vorbereitet. So griff eines der jüngsten Mädchen, das bisher geschwiegen hatte – endlich verstand Lukas auch warum –, jetzt griff sie mit zwei Fingern in ihren Mund. Pausbacken hatte sie gehabt bis vor einem Augenblick, und jetzt griff sie mit den Fingern in ihren Mund und zog eine sich windende Nacktschnecke hervor und dann noch eine.

Ins Feuer?, fragte sie mit ihrer Kleinmädchenstimme, und Lukas zuckte kurz zusammen, aus Stein war er ja nicht. Klar, rief einer der älteren, und das Mädchen warf die Schnecken zwischen die glühenden Kohlen, wo ihre Körper zischten, bröckelig wurden und schließlich die Farbe der umliegenden Kohlestücke annahmen.

Hast du noch was im Mund?, fragte einer, der wohl der Anführer war. Und das Mädchen, das vorhin die Schnecken aus den Backen geholt hatte, schüttelte den Kopf.

Und dann begannen die Kinder im Haus zu beraten, was sie denn als Nächstes verbrennen konnten, denn das Verbrennen, das war eine ihrer größten Leidenschaften. Und es war noch nicht einmal Mittag.

Lukas fühlte sich schon lange nicht mehr wohl in der Runde. Er begann zu schwitzen. Und er schwitzte sonst nicht so leicht. Die Kinder warfen ihm so seltsame Blicke zu teilweise, dass es ihm ein Schaudern über den Rücken jagte. Und schließlich, da fiel es ihm ein, da sagte er, er müsse nun weg, es war doch so freundlich gewesen von den Kindern, dass sie ihm mal gezeigt hatten, überhaupt ihr Vertrauen. Aber jetzt, da war es ihm eingefallen, er musste ja noch. Und die Worte holperten zusammenhangs- und orientierungslos aus seinem Mund. Regal, sagte er. Und: Bücher, und: Leonard, und: nach oben.

Und Leonard, fragten die Kinder. Ob er nicht auch mal sehen wolle? Doch da war Lukas schon die ersten Stufen hinaufgehechtet. Beinahe hätte er dabei Rita umgerissen. Eine Schweißperle lief ihm die Stirn hinunter.

Und die Kinder drehten sich um und blickten wieder in die Grillpfanne.

3. Stock, Mitte: Sommer

Als Nina einmal über Nacht das Licht im Badezimmer anließ und das Fenster auf, denn es war Sommer und unerträglich heiß. Als Nina einmal über Nacht vergaß, das Licht im Bad auszumachen, fand sie am nächsten Morgen die noch brennende Glühbirne und Teile der Badezimmerdecke von Motten übersät vor. Die Nachtfalter hatten sich mit ihren braunen Körpern und Flügeln um das Glühbirnenlicht geschart und es gedämpft, stoben auch nicht davon, als Nina – nun schon bei Morgenlicht – den Schalter betätigte. Und Nina, die sich nicht entkleiden wollte, während wahrscheinlich Hunderte von Mottenkörpern um sie herumwuselten. Nina, die sich so noch nicht entkleiden wollte, holte den Staubsauger aus dem Abstellraum, steckte ihn an und hielt ihn gegen das Licht, bewegte sich mit dem saugenden Rohr auf die Lampe zu und fuhr mit ihm so lange über die Decke, bis der Staubsaugerrüssel alle Motten verschluckt hatte. Ein letztes Mal hustete das Gerät noch, und Nina befühlte seinen warmen, satten Bauch und zupfte noch ein paar vereinzelte Mottenflügel aus seinen Aufsatzborsten, bevor sie aus ihrem Nachthemd stieg.

Gerücht, aus der Luft gegriffen

Einmal soll Rita Maia ihren Spiegel gezeigt haben. Also nicht den im Bad, sondern den, der bei ihr auf dem Balkon steht. Das sind aber nur Vermutungen. Gesehen hat niemand etwas.

Hinterm Haus: Streit

Nie habe ich Ninas Mutter so wütend gesehen, wie an jenem Nachmittag, an dem Rita Mo zu Maia legte. Damals war er noch sehr klein, in dem Alter, wo man eigentlich das Laufen lernt, doch er tat es nicht und hatte schon zu dieser Zeit eine gewisse Ernsthaftigkeit in seinem Blick, die auch Rita nicht entgangen sein konnte.

Nina und ich, wir saßen auf der Wiese hinterm Haus. Rita saß in der Nähe und etwas weiter weg hockte Maia in einem frisch gegrabenen Loch. Doch das bemerkten wir erst später. Nina hatte Mo im Arm, weil ihre Mutter kurz nach oben gegangen war. Wir alberten herum. Ich erzählte ihr, wie mich auch meine kleine Schwester häufig nervte und wie ich sie dann die Bellende nannte, das mochte sie gar nicht. Plötzlich stand Rita neben uns. Fragte, ob sie Mo einmal halten dürfe, und Nina gab ihn ihr gerne. Doch Rita begnügte sich nicht damit, Mo zu halten. Sie fing an, herumzugehen, lief mit Mo im Arm zu dem Loch, in dem Maia hockte und das wir erst jetzt bemerkten. Was macht Rita da?, fragte ich. Nina zuckte die Schultern. Rita hatte sich heruntergebeugt. Es sah aus, als würde sie Mo in das Loch legen wollen. Doch was genau sie tat, konnten wir nicht erkennen. Wir machten auch keine Anstalten aufzustehen und ihr zu folgen. Sie wird schon wiederkommen, sagte Nina. Und tatsächlich, kurz darauf drehte sich Rita um und kam auf uns zu. Mo lag noch immer in ihrem Arm. Ich fand, dass Rita für ihr Alter erstaunlich schnell war. Man hatte fast den Eindruck, sie hätte es eilig. Schon stand sie wieder neben uns und legte Mo auf Ninas Schoß. Er hatte nun kleine erdverschmierte Handabdrücke auf Wangen und Hinterkopf. Nina setzte an, sie mit ihrem Oberteil abzuwischen, doch ihre Mutter unterbrach sie. Sie hatte sich den passendsten Moment ausgesucht, um wieder zurückzukommen. Als die Mutter verstand, was passiert war, schimpfte sie nicht mehr mit Nina, sondern mit Rita. Sie schrie so laut, dass man es bestimmt im ganzen Haus hörte. Und Rita ging gar nicht darauf ein. Sie sagte kein Wort und ließ das ganze Gebrüll an sich abprallen. Rita und Ninas Mutter hatten sich noch nie besonders gut verstanden. Aber so wütend hatte ich Ninas Mutter noch nie gesehen. Sie packte Nina so fest am Handgelenk, dass sie aufschrie, und zog sie und Mo, den sie nun selbst auf den Arm genommen hatte, ins Haus, ohne sich noch einmal umzudrehen. Nur mit Maia hat an diesem Tag niemand geschimpft.

Erdgeschoss, rechts: Maias Abschied

Zwei Wochen waren seit ihrem Verschwinden vergangen. Wir hatten schon alle Parks und Gärten in unserer Nachbarschaft und den anliegenden Vierteln vergeblich nach Maia und ihren Löchern abgesucht. Nun bemühten wir uns, ohne je miteinander darüber gesprochen zu haben, die immer wahrscheinlicher werdende Annahme zuzulassen, dass sie womöglich nicht mehr zu uns zurückkehren würde. Obwohl wir die Vorhänge nun abends länger offen ließen, wirkten die Räume schneller dunkel. Wir zündeten Kerzen an, doch nach Feiern war uns nicht zumute. Manchmal setzten wir uns gemeinsam vor den Fernseher. So auch an diesem Abend, als wir beim Umschalten auf dem lokalen Sender hängenblieben: Ist das nicht unser Friedhof? Und wer ist das, der da spricht, kommt er uns nicht auch bekannt vor? Es war der Friedhofsgärtner, der dem Reporter erzählte, bei einem seiner Routinegänge durch den linken Friedhofsflügel sei ihm ein Grab aufgefallen. Eigentlich sei es kein richtiges Grab gewesen, eher ein ungeschickt mit Blumenerde und Laubzweigen zugeschüttetes Loch, an einer Stelle, wo zuvor nie ein Grab gewesen und auch keines vorgesehen war. Der Friedhofsgärtner habe sich gewundert und sogleich erkundigt, was mit diesem Fleckchen Friedhofsgrund sei, ob da jemand begraben liege. Daraufhin reagierte die Friedhofsverwaltung verwundert: Der Platz dort reiche kaum für eine Tierfalle, man müsse einen Leichnam ja zusammenfalten, um ihn dort zu begraben, zum Hinlegen sei kein Platz, da müsse einer schon einen enormen Groll auf seinen Angehörigen hegen. Nur ein Stein mit krakeligen Kreidebuchstaben habe neben dem Loch gelegen, erzählt der Friedhofsgärtner, Maia habe darauf gestanden.

Maia, flüsterten wir, sahen uns an, sprangen auf und liefen zum Friedhofsgarten, sahen dort das Loch und den Stein. Unsere Maia, dachten wir, und so sagten wir es auch der Polizei, die bereits mit der entsprechenden Ausrüstung vorgefahren war, das Grab auszuheben. Wir hielten sie davon ab, mit Bagger und Schaufeln in die Erde zu stoßen. Stattdessen stellten wir uns still und im Kreis vor das Loch. Maia, sagten wir. Und wir verabschiedeten uns schweigend, denn wir wussten, dies war ihre Art, sich auch von uns zu verabschieden.

3. Stock, rechts: Damals, die Ankunft

Lina war damals die Erste gewesen, die ihn nach seinem Einzug in das Haus mit der Nummer 29 begrüßt hatte, erinnert sich E. Sie hatte ihm zugewunken, vom Balkon aus, später auf der Treppe, als er seine Sachen ablud, hatte sie sich ihm vorgestellt, sie trug eine grüne Bluse, ein Gartenhandschuh hing ihr noch aus der Hosentasche. E. hatte seine Hand am Hemd abgewischt, sie ihr dann gereicht. Danach hatte er auch Don die Hand geschüttelt, der hinter Lina stand. Einen trüben Blick hätte Don gehabt und herabhängende Schultern, schon damals, das wusste E. noch. Sonst war ihm nicht viel in Erinnerung geblieben von Don. Eher von der ruhigeren Sorte sei er gewesen und Lina diejenige, die in der Hausgemeinschaft stets präsent war mit ihrer Herzlichkeit. Anfangs hatte E. gedacht, dass sie vielleicht bald ausziehen würde, weil sie häufig erzählte, dass sie sich einen großen Garten wünschte mit Laubbäumen darin. Aber womöglich lag dieser Traum sowieso jenseits ihrer Möglichkeiten oder sie konnte sich nicht wirklich vorstellen, woanders zu wohnen. Einen Obstbaum hat sie sich trotzdem irgendwann besorgt, für ihren Balkon, aber erst, als Don schon weg war. Das hatte E. nicht verstehen können, er hätte Lina niemals allein gelassen. Zu Beginn hatte E. sich noch Hoffnungen gemacht, dann aber immer mehr den Eindruck bekommen, dass Lina gar nicht wahrhaben wollte, dass Don fort war. Manche Menschen konnten sich ja so sehr auf etwas versteifen, dass sie nichts anderes mehr wahrnahmen. Da war wohl nichts zu machen.

2. Stock, links: *Aquarium*

Sie sagten, Bells Gehör sei mit den Jahren immer schärfer geworden. Sie habe sich über Kochtopfscheppern in der Wohnung über ihnen beschwert, hatte selbst gerade Wasser für die Kartoffeln aufgesetzt und sei vor Schreck mit dem Ellenbogen an die heiße Herdplatte gestoßen. Die Narbe habe sie immer noch. Wenig später wieder lautes Scheppern von oben. Dieses Mal sei ihr doch glatt der eigene Topf heruntergefallen. Das Kochwasser habe sich über den Küchenboden verteilt.

Nachts habe Bell kaum schlafen können. Nicht nur von draußen kamen die Störgeräusche: vorbeifahrende Autos, mal ein Motorrad, in den frühen Morgenstunden Vogelgezwitscher ... Ihr war, als hörte sie Insektenschritte: kleine, mehrbeinige Tapser, leichtes Flügelschlagen in den Wänden und unter den Dielen. Aus der Küche das Kühlschranksurren.

Sie sagten, in Bells Kopf würde jeder Ton um ein Vielfaches verstärkt widerhallen. Als Kissen und Bettdecke nicht mehr genügend dämpften, kaufte sie sich Ohrstöpsel aus Gummi. Sie trug sie bald auch auf der Straße. Wenn man sie ansprach, verstand sie immer noch jedes Wort. Sie sagten, sie trüge sie in der Wohnung beim Staubsaugen und manchmal, wenn der Fernseher an war.

Es sei immer schlimmer geworden, sagten sie. Ihre ältere Schwester hätte sie zum Auszug gedrängt. Geld zusammengekratzt, um das eigene Zimmer vor externen Lauten abzuschirmen: dicke Teppiche für den Dielenboden, schwere Gardinen vor Fenstern aus Panzerglas. Die Tapeten kamen herunter, dafür wurden Schaumstoffplatten und Gipskarton an Wänden und Decke angebracht, Fenster- und Türritzen mit Gummi abgedichtet. Ihre Füße auf Lappen gebettet, schlitterte die Mutter durch den Flur. Sie sagten, im Küchenschrank sei jeder Kochtopf in ein eigenes Tuch gewickelt, noch ein Lappen zwischen Topf und Deckel. Und immer noch Ohrstöpsel aus Gummi.

Bell habe immer weniger gesprochen. Lieber beschriftete Zettel an Kühlschrank- und Wohnungstüren hinterlassen. Ein Räuspern mit angewiderten Blicken gestraft. Und dann, als sie es wieder versuchen wollte, seien keine Töne mehr aus ihrem Mund gekommen. Ihre Lippen hätten sie lesen müssen. Bell selbst hätte nichts gemerkt bis zu jenem Besuch. Und dann, sagten sie, sei es nach und nach wieder besser geworden.

3. Stock, links: Marmelade

Also von den Früchten nehme ich immer die, die fast schon reif sind, wie diese hier. Aber eben noch nicht komplett. Den ganzen Korb mache ich voll. Gut, dass er so viele Früchte trägt in letzter Zeit. Es ist unglaublich, wie schnell die gerade nachwachsen. Meinst du, das hat was zu bedeuten? Schließlich brauch ich immer mehr Marmelade, die geht so gut weg, da ist klar, dass er mir helfen möchte wie er kann, der Gute.

Von den Früchten, da mach ich dann die Stängel weg und die Blätter, mach sie gut sauber und schäl sie dann, in kleine Stücke schneid ich sie, reich mir mal das Messer, nein, das da oben. Und die Kerne, die kommen natürlich weg. Die wolltest du doch haben, oder? Also ich sollte sie dir ja aufheben. Wofür eigentlich? Ach lass, ich wills lieber gar nicht wissen. Was du manchmal im Schilde führst, da stellen sich mir die Nackenhaare auf. Und nein, warum sollte es das Gleiche sein. Meine Marmelade schmeckt jedem. Sogar den chronisch Schlaflosen, und du weißt, wie kritisch die sonst immer sind. Was soll denn daran haarsträubend sein? Ach was, wo du immer irgendwelche Verbindungen sehen willst. Und nein, das sag ich nicht nur einfach so. Und jetzt der Zucker. Etwa so viel wie die Früchte, vom Gewicht her. Und das lass ich dann stehen, einen halben Tag oder so. Aber hier sind noch welche, die hab ich gestern Abend gepflückt und gezuckert. Ich wusste ja, dass du kommst. Irgendwie hab ich in letzter Zeit den Eindruck, der Geschmack ist viel sanfter, wenn ich sie abends pflücke, was meinst du?

Die Gläser hatte ich vorhin in den Backofen geschoben, jetzt müssen sie noch etwas auskühlen. Aber erstmal ist der Topf dran. Ich mach mal kurz den Herd an. Noch etwas Wasser hinzu – musst nur aufpassen, dass es nicht zu viel wird, sonst ist es nachher zu flüssig. Und immer wieder umrühren. Das macht ordentlich Oberarme, sag ich dir.

Aber mir kommts ja gelegen. Den Don hab ich letztens verschoben mit seinem Topf, ganz an die Ecke vom Balkon. Kam ja gar kein Licht mehr rein durch die Tür vor lauter Blättern, und dort hat er es auch bequemer. Da musste ich auch ordentlich stemmen beim Verschieben. Und ich komm besser durch zu ihm jetzt. Gerade wenn es schon dunkel ist und ich nicht seh, wo ich hintrete. Wieso denn wozu? Na, manchmal braucht er auch nachts noch Wasser und überhaupt. Ich hab doch vorhin gesagt, wenn ich die Früchte abends pflücke, wird die Marmelade besser. E. hab ich letztens ein Glas gegeben, der war auch begeistert. Was guckst du so komisch? Ich und E.? Du hast ja Sachen. Wenn Don dich hören würde, der steht doch draußen. Denk schon, dass er das hören kann. Also ich weiß nicht, wie die Marmelade dann schmecken würde. Dann hättest du vielleicht Recht mit dem, was sie anrichten könnte. Haarsträubend! Aber so beliebt wäre sie dann wohl nicht mehr. Ich und E., dass ich nicht lache. Was du gegen ihn hast, kann ich auch nicht so recht verstehen, aber deshalb gleich … Überhaupt, viel zu jung ist der doch. Um Ronda soll der sich lieber mal kümmern. Sie ist doch ein nettes Mädchen. Ein bisschen jünger als er, aber gut. Sind sie nicht eh zusammen die Treppe runter, als E. dann gestürzt ist, du warst doch dabei? Ach was, nur Augen für mich. Lassen wir das Thema lieber, nicht, dass Dons Früchte noch sauer werden. Warte, probier mal, was sagst du?

Sag, Rita, wusstest du eigentlich, dass er so bleiben würde? Und was soll das heißen, es kann nicht mehr lange dauern? Ach, was ist denn jetzt los. Schon wieder der Strom weg. Gut, dass ich mit offener Flamme koche. Nur aufpassen muss man da ein wenig. Der Topf ist heiß, nicht, dass du dir noch die Finger verbrennst.

Treppenhaus, Kellereingang: Täuscher

Wir hatten Brandwunden. Fast jeden Samstag neue, und wir trugen sie mit Stolz. Die fast verheilten neben den frischen. Die Grillpfanne ist kein Spielzeug für Feiglinge. Auch wer sich nur die Hände wärmen möchte, trägt mal eine Blase am Finger davon, wenn er nicht aufpasst. Wenn wir das Brandgut einwerfen, weiß niemand vorher, was passieren wird. Ob plötzlich hohe Flammen emporsteigen oder wonach es riechen wird. Wir sind experimentierfreudig und können keine Rücksicht auf kalte Finger nehmen.

Sonntags krempeln wir die Ärmel hoch. Wir zeigen unförmige Blasen, längliche rote Schlieren und auch manch dunkle Nekrose auf zarter Kinderhaut. Dann wird durchgezählt, werden Punkte vergeben (die wochenlang unverheilten zählten doppelt) und ein Sieger ermittelt. Vina schied von Anfang an aus. Sie hatte sich als Vierjährige den linken Arm bis zur Schulter in einem kochenden Spaghettitopf verbrüht und hätte dem Spiel die komplette Spannung genommen. Ich glaube, nur wegen ihr haben wir überhaupt angefangen mit dem Ganzen. Meist gewannen Rott oder ich.

Manche griffen samstagabends auch nach den Zigaretten ihrer Eltern, um uns Grillbrandwunden vorzutäuschen. Doch die kreisrunden Male erkannten wir schnell. Zur Strafe durften die Betrüger ihre Hände erst bei zehn hochnehmen, wenn jemand neues Brandgut einwarf. So hatten sie auch mal eine Chance.

Stimmen, schlaflos

Ich glaube, ich habe nicht mal annähernd genügend Finger, um abzuzählen, wer gekommen und gegangen ist die letzten Jahre.

Ist es denn wichtig, das zählen zu können?

Das nicht, aber. Na vielleicht müssten sie mal alle die Hände zusammennehmen zum Zählen, das würde wohl hinhauen.

Soll ich denn noch jemanden holen?

Nein, das musst du jetzt nicht wörtlich nehmen, so für bare Münze.

Ach so.

Aber was ich mich manchmal schon frage, also ab und zu gehen ja komische Dinge vor im Haus. In manchen Wohnungen mehr als in anderen, speziell an die oberen Stockwerke denke ich jetzt.

Worauf willst du hinaus?

Na ob das denn so geplant war von den Leuten, die gegangen sind. Oder ob da was vorgefallen ist.

Vorgefallen? Du meinst doch nicht, also rausgeekelt hätte man hier noch niemanden.

Nein, nein.

Natürlich sind wir hier schon manchmal etwas eigen.

Natürlich.

Aber auch keine Unmenschen.

Nein, das wohl nicht.

Was hast du denn dann gemeint.

Ob das Haus selbst sie in irgendeiner Form. Na, nicht verstoßen, vielleicht abgeschreckt haben könnte.

So?

Vor längerer Zeit das Ehepaar, das mit dem kleinen Mädchen hierherzog. Rita mochte die ja nicht so wirklich. Waren eines Tages fort. Und das Mädchen allein mit einem kleinen Bruder.

Ach, das glaube ich nicht.

Ja, daran erinnere ich mich noch.

Dann die Brüder, wo der eine unterm Regal lag und der andere plötzlich verschwunden.

So ein schweres Regal, das fällt schon mal, wenn man es nicht anständig befestigt.

Und alles so dicht beieinander.

Hm.

Könnte es denn nicht sein?

Ach was, manche Menschen spüren wohl, wenn sie nicht hierherpassen, und früher oder später verschwinden sie dann.

1. *Stock, rechts: Samstagsbesuche*

Seit einigen Wochen klingelten die Kinder im Haus an den Samstagnachmittagen bei Rita Sturm. Sie drückten ihr zur Begrüßung einen Schaschlikspieß mit leicht angekokelten Marshmallows, manchmal auch eine wohlriechende Kerze in die Hand, lächelten bestechend und spazierten barfüßig an Rita vorbei durch ihr Wohnzimmer und auf den Balkon. Dort gab es zwar nicht genügend Sitzplätze für alle, doch das machte nichts, ein paar der Kinder nahmen auf den ausgeblichenen Plastikstühlen Platz, andere hockten sich auf das Balkongeländer und die restlichen spazierten vor Ritas Spiegel auf und ab und schnitten Grimassen oder begutachteten die Brandmale an ihren Fingern und Armen.

Dann kam Rita und setzte sich in ihren Korbstuhl, servierte Pfefferminztee und sandige Kekse, streckte ihre Beine aus, atmete tief ein und erklärte, wie angenehm die Nachmittagsbrise doch den Geruch des Baumes herüberwehe. Ob ihr Besuch einen bestimmten Grund habe oder wieder den gleichen, fragte sie anschließend die Kinder, und schon waren diese nicht mehr zu bremsen: Sie redeten auf Rita ein. Erklärten, dass sie es leid seien, immer nur kleine Brötchen zu backen, die Grillpfanne unten am Kellereingang, spannend sei sie ja schon, aber auf Dauer bräuchten sie auch mal etwas Abwechslung, einen großen Knall. Ein Grillfest, hinterm Haus, das wäre es, das hätte es lange nicht mehr gegeben. Und alle sollten mitmachen. Sie, Rita, müsse ihnen einfach helfen, müsse die anderen überzeugen, was für eine große, eine wichtige Sache das doch sei, sagten die Kinder. Feuer verbindet, erklärten sie und fügten hinzu, dass die chronisch Schlaflosen einem Festessen auch nicht abgeneigt wären. Natürlich würden sie sich um alles kümmern, verkündeten die Kinder, das sei nicht das Problem. Einen großen Vorrat an Grillkohlen hätten sie noch im Keller versteckt und auch planten sie, einen größeren Rost zu bauen, da wäre Platz für alles. Hinterm Haus würden sie ihn aufstellen, eine große Feuerstelle würde es werden, über der sie das Fleisch und Gemüse für alle Hausbewohner grillen könnten. Erfahrung hätten sie genug. Nur das Grillgut, das müssten alle schon selbst mitbringen, was dazu beitragen. Man könne ja nicht verlangen, dass sie alleine mit dem bisschen Taschengeld. Aber das Wichtigste sei erstmal, alle ins Boot zu holen, sie zum Mitmachen zu bewegen. Ob sie ihnen nicht dabei helfen könne?

Ritas Hände zitterten, sie seufzte und erhob sich von ihrem Stuhl. Als hätten die Kinder nur auf dieses Signal gewartet, schlürften sie den kalten Pfefferminztee hinunter, posierten noch einmal vor dem Spiegel und verabschiedeten sich bis zum nächsten Mal.

Wochenlang verbrachten die Kinder im Haus ihre Samstagnachmittage bei Rita, und irgendwann müssen sie sie wohl überzeugt haben.

Erdgeschoss, Mitte: Steine

Ich habe nicht gesehen, wie das Loch in meine Wand kam. Eines Abends war es da, direkt über meiner Kommode und reichte bis zur Nachbarwohnung. Etwa faustgroß war es, und wenn ich hindurchschaute, sah ich in das Schlafzimmer zweier Jungen. Bei ihrem Einzug hatte man sie mir als Eli und Flo vorgestellt.

Ich begann das Loch genauer zu betrachten und tastete seine Ränder mit dem Zeigefinger ab: Sie fühlten sich rau und unregelmäßig an, waren bröselig oder hatten spitze Kanten, als wäre etwas abgebrochen. Nicht als wäre man mit einer Steinsäge oder einem Bohrwerkzeug zu Werk gegangen. Eher als hätte jemand nach und nach unterschiedlich große Stücke von der Wand abgetragen, vielleicht mit einem Hammer. Die mit dem Finger ertastete Oberfläche erinnerte mich auf eine gewisse Weise an die Abdrücke, die Nagetiere an Holz hinterlassen.

Später lag ich im Bett und dachte an das Loch. Es war mir ein Rätsel, wer es in die Wand gehauen hatte und zu welchem Zweck. Dass es ein Versehen war, schloss ich aus. Und doch konnte ich mir nicht erklären, warum jemand ein Loch genau in jene Wand schlagen sollte, die die beiden Wohnungen voneinander trennte. Warum gerade an dieser Stelle, die es mir erlaubte, in das Schlafzimmer der Jungen zu blicken, und sie, wenn sie sich dafür auf einen Stuhl stellten, in meines.

Ich hatte kaum geschlafen und stand bereits in der Morgendämmerung auf, um mir ein Glas Wasser aus der Küche zu holen. Wieder zurück wagte ich einen Blick durch das Loch in die Nachbarwohnung. Ich sah die beiden Jungen schlafend in ihren Betten liegen. Einer, ich glaube, der jüngere, ließ die linke Hand aus dem Bett hängen, und ich sah, dass um alle seine Fingerkuppen Pflaster klebten.

Gegen Mittag warf ich noch einmal einen Blick durch das Loch. Diesmal hatte ich eine Frauenstimme sprechen gehört. Während der ältere Junge aufgestanden war – seine Bettdecke lag zerwühlt auf der Matratze und er war nun über ein Spiel auf dem Teppich gebeugt –, schien der jüngere immer noch zu schlafen. Seine Bettdecke hob und senkte sich. Die Mutter war ans Bett getreten und hatte dem Kind eine Locke aus dem Gesicht gestrichen. Als sie das Zimmer verließ, sah ich, dass die Wange des Jungen aufgeschürft war.

Immer wieder hörte ich an diesem Tag Stimmen aus der Nachbarwohnung. Manchmal waren sie so laut, dass ich, auf meinem Bett dösend, verstehen konnte, was sie sagten. Den Jungen, Eli, hatten die lauten Stimmen nicht geweckt. Dass er den ganzen Tag über nicht aufgewacht war, war offenbar der Grund für die Aufregung. Auch den nächsten Tag verschlief er. Erst am Morgen darauf sah ich ihn im Schneidersitz auf dem Bett hocken und an den Pflastern knabbern.

Ich hatte es mir zur Gewohnheit gemacht, gelegentlich durch das Loch zu schauen. Einmal am Tag, zu unterschiedlichen Tageszeiten. Manchmal, wenn ich von der anderen Seite besonders aufgeregte Stimmen zu hören glaubte, manchmal, wenn es besonders still war. Natürlich hätte ich bei den Nachbarn klingeln, die Eltern der beiden Jungen auf das Loch hinweisen und sie darum bitten können, das Ganze zu klären und die unerwünschte Öffnung in der Wand zu schließen. Doch konnte ich es nicht lassen, immer wieder einen Blick hindurchzuwerfen, und ich hatte mir fest vorgenommen, selbst hinter dieses Rätsel zu kommen. Ich sprach mit niemandem im Haus darüber, und war mir sicher, dass auch Rita nichts wusste.

Den älteren Jungen sah ich meist über ein Puzzle oder seine Aufgaben gebeugt. Wenn nur er im Zimmer war, wandte ich mich schnell wieder vom Loch ab. Der jüngere jedoch, mit dem stimmte etwas nicht. Das spürte ich. Nicht erst, seit er mehrere Tage lang durchgeschlafen hatte. Ich war mir sicher, dass er etwas mit dem Loch zu tun hatte. Nur: was? Ein Hammer wäre doch viel zu schwer für seine kleinen Kinderhände. Manchmal sah ich, wie er mit seinem Finger über die Wand fuhr, als würde er ein flauschiges Tier streicheln. Und einmal erwischte ich ihn, wie er mit seiner Zunge über die Wand leckte. Dann war der Bruder hereingekommen, und Eli hatte sich von der

Wand gelöst. Doch sein Speichel war bereits in den Putz gesickert und ich bildete mir ein, einige Minuten lang dort einen verräterischen dunklen Fleck zu erkennen.

Ich begann die Wände des Zimmers genauer zu betrachten. Gab es solch dunkle Speichelflecken an allen Seiten? Hatte es nur so ausgesehen? Mir wurde klar: Es waren keine Flecken, sondern weitere Löcher. Durch ein Loch neben seinem Kopfkissen sah Eli die Bilder des Films, den seine Eltern gerade im Wohnzimmer anschauten, und erzählte seinem Bruder davon. Durch ein paar kleinere Löcher zum Badezimmer strömte morgens der Duschdampf herein. Einmal beobachtete ich, wie die Mutter ihren Kopf durch das größte Loch ins Zimmer steckte, um die Jungen zum Essen zu rufen. Zu diesem Zeitpunkt war ich mir bereits ziemlich sicher, dass Eli die Löcher in die Wände hineingefressen haben musste. Keines befand sich weiter oben als die Nase des Jungen, wenn er auf einen Stuhl stieg. Ich stellte mir vor, wie die Mutter ihm Kieselsteine, die sie in einem Eimer aus dem Park hineintrug – sie war mir tatsächlich schon einige Male begegnet, wie sie mit einem leeren Eimer aus dem Haus ging –, mit einer Prise Salz servierte, während die anderen Ofenkartoffeln auf ihre Teller bekamen.

Mir war nun klar, dass Eli nach und nach die Wand fraß. Ich wollte ihn aber auf frischer Tat ertappen. Ich schlief unruhig, und bei jedem Geräusch, das ich von nebenan hörte, schrak ich auf und beeilte mich, durchs Loch zu schauen. Nie war etwas zu sehen. In den frühen Morgenstunden hatte ich die Hoffnung schon aufgegeben. Doch plötzlich! Es klang nach Kaugeräuschen, nach Zähnen, die Stein zermalmten, ganz sicher! Fast stieß ich die Kommode um, als ich mich vornüber beugte, um durchs Loch zu schauen. Auf der anderen Seite sah ich ein dunkles Augenpaar, das mich erschrocken anschaute. Ich schrie und der Junge schrie auch.

Am Abend darauf waren die Stimmen von nebenan besonders laut. Sie sprachen von Umzug und einer Holzhaussiedlung am Stadtrand. Über das Loch zu meiner Wohnung hatte man eine dunkle Folie geklebt.

Die nächsten Tage wartete ich darauf, dass man an meiner Wohnungstür klingeln würde. Vielleicht nur die Mutter, vielleicht beide Eltern in Begleitung des Jungen, der sich kleinlaut bei mir entschuldigen sollte. Doch niemand kam. Ein paar Tage lang versuchte ich, nicht an das Loch zu denken. Dann aber nahm ich einen Cutter und machte einen Schnitt in die Folie. Einen schmalen nur. Mit bloßem Auge würde man ihn nicht erkennen. Doch groß genug, dass ich, wenn ich etwas an der Folie zog, mit einem Auge hindurchlugen könnte. Ich sagte mir, es sei nur für alle Fälle, und hielt mich vorsichtshalber ein paar Tage vom Loch fern.

Wenig später sah ich, wie die Familie Kartons in einen Umzugswagen trug. Ich kam gerade vom Einkaufen, nickte ihnen zu und sie erwiderten den wortlosen Gruß. Eli war nicht bei ihnen. Ich hörte, wie sie zu Flo sagten, er solle seinen Bruder holen, sie wollten jetzt los. Ich beeilte mich, zurück in meine Wohnung zu kommen, ließ die Einkaufstüten im Flur auf den Boden fallen und rannte zum Loch. Ich lugte hinein: Eli stand vor einem neuen Loch zur Straße hin, das größte bisher. Ich meinte, noch seine letzten Kaubewegungen zu sehen, riss die Folie herunter, um es besser erkennen zu können, doch Eli kaute nicht mehr. Er sah mich an und zwinkerte mir noch ein letztes Mal zu. Dann sprang er mit einem Satz durch die Öffnung ins Freie, gerade noch rechtzeitig, bevor der Bruder ins Zimmer trat.

Mauern

Einmauern müsste man sie. Die Wohnung, die eh keiner haben möchte. Zumauern die Eingangstür. Am besten vorher innen noch alle Fenster. Sorgfältig den Mörtel mischen. Stein auf Stein legen, bis auch die letzte Luke dicht is.

Ich würd es ja tun. Die Zementsäcke kaufen. Die Ziegel auch. Ich würd hineingehen. Alleine, wenn es sein muss. Ein Wochenende bräuchte ich nur. Oben in der Wohnung. Ne Wand in jedes Fenster bauen. Dass auch keiner hineinsehen, gar hineinsteigen kann. Wenn erst mal alles zu is. Das erste Mal wäre es ja nicht. Dass ich oben wäre. Nicht, dass es mir gefallen würde. Mir nicht unheimlich wäre. Was man so hört. Aber einer muss ja.

Dass ihr mir ja nicht die Tür zumauert, wenn ich drinnen bin!

Schlüssel. Bräuchte ich nen Schlüssel. Is nicht alles offen oben. Seit die Letzten weg sind. Nicht, dass ich so was wüsste. Die Tür sollte man aus dem Rahmen stemmen. Dann zumauern. Dass jeder gleich sieht: Da is ne Wand. Da geht es nicht rein.

Keiner sollte in so was rein. Wo man was hört, aber nichts is. Wo sich niemand zeigt. Wenn man nachschaut. Wo nur Staub fällt. Staub und immer mehr Staub. Die Stiefel keine Abdrücke hinterlassen. Es is, als hättest du keine Schritte gemacht. Als wärst du gar nicht hier. Wo es nach nichts riecht. Wo jeder verschwindet. Früher oder später. Nach ein paar Monaten meist. Wo es so kalt is. Und das Wort *verflucht* im Raum liegt.

Wenn jemand. Dann ich. Es war ja mein Sohn. Zuletzt. Das letzte Mal, dass auch ich drin war. Später. Die Schritte keine Abdrücke auf dem staubigen Boden hinterließen. Zu lang is es auch schon her. Dass da noch jemand gewohnt hat. Echtes Fleisch und Blut in den vier Wänden. Nicht nur Geräusche und Stimmen. Mehr ein Raunen.

Lauter das Raunen im Haus. Die, die ständig von oben sprachen. Die Angst aufblähten mit den Geschichten. Selbst nie drin gewesen waren. Auch später nicht. Die sollte man mal nehmen. Das ganze Pack. Licht wollen die dort nachts gesehen haben. Wirklich. Von ihren eigenen Wohnungen aus. Die müssen sich die Hälse verrenkt haben. Aus ihren Fenstern heraus. Mitten in der Nacht. Wie sonst. Die sollte man nehmen. Das ganze Pack. Oben einsperren. Schlüssel. Gibt es überhaupt einen Schlüssel.

Hinein sollten sie gehen. Alle miteinander. Mit eigenen Augen sehen. Hier is nichts. Nur Staub. Noch nicht mal eigene Fußabdrücke. Mitanpacken sollten sie. Die Fenster dichtmachen und dann die Tür.

Und wenn sie dann immer noch nicht still sind. Dann mach ich's selbst. Einer muss ja. Und wenn sie dann immer noch nicht still sind. Dann setz ich sie rein. Das ganze Pack. Wenn die Fenster zugemauert sind. Man noch nicht mal mehr den Staub sieht. Das ganze Pack. Einmauern müsste man sie. Dass sie nichts mehr verbreiten. Ich würd's ja machen. Nicht gern. Mörtel mischen. Stein auf Stein setzen. Die Tür rausstemmen vorher. Dass jeder gleich sieht. Hier is ne Mauer. Mich nicht umstimmen lassen von ihren Worten. Den Blicken. Die Tür zumauern. Dass keine Tür mehr is.

Einmauern müsste man sie. Die Geräusche, die man dann hört. Man wüsste woher. Irgendwann wären sie still. Von alleine. Wenn dann Ruhe is. In der Wohnung oben. Wenn dann endlich Ruhe is. Nichts mehr mit verflucht. Dann soll mir mal einer. Was mein Sohn. Wo. Wirklich. Ohne Geschichten. Ohne Ritas Rätsel. Sonst lieber ruhig. Dann mach ich's selbst.

Straße, Asphalt

Als man das Kind morgens auf der Straße fand, den Kopf auf den Asphalt geschlagen, hatte man gleich die Polizei und auch die Sanitäter gerufen, doch diese vermochten nichts mehr für das Kind zu tun.

So, wie man es da liegen sah, Kopf und Bauch auf dem Asphalt, die Arme und Beine schlaff und leblos und weiß wie bei einer Stoffpuppe, hatte man gleich das Bild vor Augen von einem, der aus dem Fenster springt. Aber weil das Kind noch so jung war, verdrängte man dieses Bild sofort wieder und vermutete, dass es wohl aus einem Fenster gefallen war. Aus einem der Fenster in den höheren Stockwerken musste es gefallen sein, so, wie es dalag, mitten auf der Straße.

Nachdem ein Arzt den Puls des Kindes befühlt und traurig den Kopf geschüttelt hatte, drehte ein Polizist den Körper des Kindes um, strich ihm eine Locke aus der blutverschmierten Stirn und fragte die Umstehenden, wer das Kind sei. Die Umstehenden jedoch hätten das Kind nicht gekannt. Sie sagten, es sei nicht aus ihrem Haus, wahrscheinlich auch nicht aus ihrer Straße. Da fragte der Polizist die Umstehenden erneut, nahm jeden von ihnen zur Seite und wollte wissen, ob er sich wirklich sicher war, dass er es nie vorher gesehen hatte, und als der Polizist nach dieser Befragung immer noch nicht wusste, wer das Kind war, machte er ein Foto von ihm. Es war eines dieser Fotos, die wenige Minuten später entwickelt waren. Und der Polizist nahm das Foto und ging damit in das Haus mit der Nummer 29 und auch in das daneben und das gegenüber, und er klingelte an jeder Tür und fragte nach dem Kind, ganz besonders in den oberen Stockwerken. Auch bei Rita und dem Spiegel auf ihrem Balkon blieb er lange.

Am Abend wusste der Polizist aber immer noch nicht, wer das Kind war, und vor allem, wie es dazu kam, dass es jetzt dalag, tot auf der Straße, als wäre es aus einem Fenster gefallen. Auch alle Nachforschungen, die in den nächsten Wochen unternommen werden sollten, würden zu keinem Ergebnis kommen. An diesem Abend aber war das Kind ohne Namen schon abgeholt worden. Man hatte es auf eine Bahre gelegt und mit einer silbergrauen Decke zugedeckt bis über den Kopf. Auf der Straße fuhren wieder Autos. Und manche derer, die sich schon am Vormittag um den Unfallort geschart hatten, standen immer noch draußen, sahen sich mit bedrückter Miene an und zuckten mit den Schultern: Da kann man nichts machen. Und manch einer ließ den Blick über die Mienen seiner Nachbarn wandern und fragte sich, ob einer von ihnen mehr wüsste, es aber nicht sagte, wohl wissend, dass seine Frage, die auch die vieler anderer war, an diesem Abend und vielleicht auch für immer unbeantwortet bleiben würde.

2. *Stock, rechts: Narben*

Bell hatte an der Tür der Rolmars geklingelt. Es war Mittag. Bell klingelte jeden Donnerstagmittag bei den Rolmars. Mittwochs klingelte Toni bei Bell, aber es war Donnerstag. Marta öffnete die Tür. Komm rein, sagte sie, und Bell trat ein und setzte sich zu den anderen an den Esstisch. Sie ließ den Blick wandern über die anwesenden Gesichter, wunderte sich, wo Toni steckte, sprach die Frage aber nicht laut aus. Sie griff nach dem Besteck und legte das Messer so hin, dass die scharfe Kante nach innen zeigte. Marta hatte in der Zwischenzeit die Schürze abgenommen. Sie strich sich eine Haarsträhne von der verschwitzten Stirn, setzte sich zu Bell und den anderen, und schaute jedem ein paar Sekunden lang ins Gesicht, am längsten Bell. Aber niemand sagte etwas. Lange stand die Salatschüssel unberührt in der Mitte des Tisches. Dann schlug Marta die Fäuste auf den Tisch, sah Bell dabei an, obwohl sie in die Runde fragte, sie fragte, wo ist Toni? Und dann leiser: Ich dachte, er wäre bei dir. Bell schüttelte den Kopf. Sie griff zur Salatschüssel. Alle am Tisch griffen zur Salatschüssel. Ein paar Minuten lang schoben sie wortlos Salatstreifen in den Mund.

Der Alte war es, der die Stille unterbrach. Du weißt doch, ich mag keinen Salat, hatte er gesagt, zu Marta. Dann, zu allen: Na sagt doch, wo bleibt er denn. Bell legte ihr Messer zur Seite. Ganz langsam legte sie es auf das Tischtuch, hoffte, sie würde nicht rot anlaufen dabei, und sagte betont ruhig: Im Vierten. Was im Vierten? Martas Stimme klang nach Sorge, aber auch ein wenig nach Zorn. Was das heiße und was er da mache. Er liegt, sagte Bell. Er liegt in der alten Will-Wohnung, fragt mich nicht warum.

Während des Essens fiel kein weiteres Wort. Dass Toni doch nie so lange oben geblieben wäre, dachte Bell immer wieder. Nie so, dass man ihn vermissen könnte. Und was er jetzt von ihr halten würde. Jetzt, wo sie ihn verraten hatte.

Es war Donnerstagnachmittag. Jeden Donnerstagnachmittag machte der alte Rolmar nach dem Essen den Fernseher an und legte sich zum Schlafen auf das Sofa. Es war Donnerstagnachmittag, doch der alte Rolmar hielt keinen Mittagsschlaf. Vom Sofa aus blickte er in die Runde. Er sah Bell an, die noch immer am Esstisch saß. Marta hatte ihren Teller schon abgetragen. Das Messer lag noch auf dem Tischtuch. Na los, sagte der alte Rolmar. Warum holst du'n denn nich.

Der Fernseher war nicht laut. Doch die Stimmen der Nachrichtensprecher dröhnten gegen Bells Trommelfell. Sie hielt sich die Ohren zu. Nur ganz leise, wie aus weiter Ferne, hallten die Worte des Alten nach. Bell nahm die Finger von den Ohren. Sie hob das Messer vom Tischtuch und fuhr mit der Klinge langsam über ihren linken Daumen. Es schabte laut, ritzte ihre Haut auf, ein Tropfen Blut fiel auf das Tischtuch. Was in sie gefahren sei, wollte Marta wissen. Sie stand auf einmal wieder neben Bell. Wenn noch etwas sei, dann solle Bell das jetzt sagen. Sie selbst hätte schon seit dem Vormittag so ein ungutes Gefühl. Was denn los sei, warum sie nicht hochgehen wolle, das solle sie ihnen jetzt einmal sagen. Nicht alleine, hatte Bell dann gesagt. Sie wolle nicht alleine hoch. Bell war sich gar nicht mehr so sicher, Toni oben in der Will-Wohnung vorzufinden, aber sie sagte nur, sie wolle nicht alleine hoch.

Marta erklärte, besser, sie gingen alle. Jegliche Farbe war plötzlich aus ihrem Gesicht gewichen, und man merkte, dass sie sich Mühe gab, ihre Stimme fest klingen zu lassen. Nur ihre jüngste Tochter, Alis, die blieb vor dem Fernseher sitzen. Doch der große Sohn und der Alte und Marta Rolmar folgten Bell hinauf in den Vierten.

Bell betrat als Erste die alte Will-Wohnung. Die Tür war nicht verschlossen. Vorsichtig tat Bell einen Fuß vor den anderen, bewegte sich langsam zur Mitte des Raumes. Eine dünne Staubschicht bedeckte den Boden. Sie ging dorthin, wo sie mit Toni gelegen hatte. Dorthin, wo sie glaubte, dass Toni immer lag. Dort angekommen, drehte Bell sich um. Ihr Blick fiel zuerst auf den Fußboden. Sie entdeckte keine Spuren ihrer Schritte im Staub. Als sie aufschaute, traf sie Martas fragende Augen und schüttelte den Kopf. Einer nach dem anderen traten Marta, der Alte und Tonis Bruder in den Raum. Sie gingen zügig weiter in den hinteren Teil der Wohnung, durch den Flur, das Bad, die ehemaligen Schlafzimmer. Bell blieb zurück. Entfernt hörte sie die Rolmars leise nach Toni rufen. Immer noch gleichmäßig lag der Staub bis in den Flur. Bell unterdrückte ein Niesen, rieb mit dem Handrücken an ihrer juckenden Nase. Dann ging sie in die Hocke. Sie setzte sich auf den Boden in die Mitte des Raumes. Kein Staub wirbelte auf. Sie legte den Kopf in den Nacken, atmete tief ein und aus und glaubte plötzlich, Tonis Anwesenheit zu spüren. Seinen Atem glaubte sie zu hören.

Bell legte sich auf den Rücken. Sie ließ den Blick schweifen, über die Decke, über die Wände. Sie versuchte, das Weiß auf sich wirken zu lassen. Aus der Ferne hörte sie die Stimmen der Rolmars. Die Atemgeräusche, die sie für Tonis hielt, klangen ganz nah. Wie neben ihrem Ohr. Bell schaute um sich und sah, dass eine der Wände nicht so makellos wirkte wie die anderen. Sie stand auf, beugte sich dann über die Stelle, an der sie eben einen Schatten zu sehen geglaubt hatte, strich mit dem Daumen vorsichtig darüber, mit dem linken Daumen, der aufgehört hatte zu bluten. Es tat kaum noch weh. Mit diesem Daumen ertastete Bell einen Riss in der Wand. Seine Form erinnerte sie an Tonis Narbe. Die, die er am Arm trug, seitdem er von Linas Baum gefallen war. Ein wenig fühlte sich auch die Wand an dieser Stelle wie Rinde an.

Bell stand auf, als sie die Schritte der Rolmars zurückkommen hörte. Martas Gesicht hatte die Farbe der Wände angenommen. Auch der Alte guckte sehr ernst. Der Bruder hatte die Arme vor der Brust verschränkt. Is noch was, hatte der Alte Bell gefragt. Nein, sagte Bell. Und: Hier ist er nicht zu sehen. Lass uns gehen, hatte der Alte dann gesagt. Als sie die Wohnung verließen, zogen sie die Tür hinter sich zu. Auf dem Weg nach unten über die Treppen sprach keiner ein Wort.

1. Stock, Anbau: Küchenzeile

Ronda lädt zu Eistee und Pizza ein. Da sagt E. nicht nein, unhöflich ist er nicht, und Ronda gehört zu den Menschen im Haus, die er meistens ganz sympathisch findet. Rondas Küche ist winzig, aber das hatte E. schon erwartet. Eigentlich ist es übertrieben, von einer Küche zu sprechen: Eine Kochzeile steht im Flur, daneben zwei Stühle, als Tisch dient ein Teil der Fensterbank. Es ist das einzige Fenster in der Wohnung, wie Ronda ihm erzählt. Was folgt, ist die Geschichte vom fehlenden Fenster im Schlafzimmer und dem Aquarium, doch die kennt E. schon.

E. beobachtet, wie Ronda die Pizza halbiert und die erste Hälfte in den Ofen schiebt, den er zunächst für eine Mikrowelle gehalten hatte. Wie sie dann eine Zitrone schneidet, die Eiswürfel aus dem Gefrierfach holt und zwei Gläser Eistee serviert. Gemeinsam nippen sie nun am Eistee und schauen aus dem Fenster und auf die Katzenminze. Ob sie schon etwas weiter sei in ihren Überlegungen, sich eine Katze anzuschaffen, fragt E. und fragt sich gleichzeitig, wo denn in dieser Wohnung überhaupt noch eine Katze hinpassen könnte. Ronda erzählt von dem letzten Mal, als sie in der Tierhandlung war, doch damals hatte sie lediglich Fischfutter erworben. Dann holt sie die erste Pizzahälfte aus dem Ofen, verteilt sie auf zwei Tellern und schiebt die zweite Hälfte hinein. E. blickt abwechselnd auf die Katzenminze und in sein Glas. Bei der Farbe des Eistees muss er unweigerlich an Linas Marmelade denken. E. fragt Ronda, ob sie schon einmal Tee aus den Blättern von Linas Baum probiert hätte. Ronda verneint. Vielleicht könnte man auch die Früchte selbst zu einer Art Eistee verarbeiten, sagt E., er wird Lina fragen, ob sie schon einmal daran gedacht hat, gut schmecken würde es bestimmt. E. erzählt Ronda von einem Traum, in dem Lina hinterm Haus Tannen pflanzt. Er findet die Vorstellung sehr lustig. Ronda sagt, sie erinnere sich nicht an ihre Träume, seit sie keine Fische mehr im Aquarium habe. E. und Ronda essen Pizza. E.s Teller ragt ein wenig über die Fensterbank, Ronda scheint das nicht zu stören.

Plötzlich steht ein Kind in Rondas Küchenflur. Offenbar hatte E. die Tür nicht richtig zugemacht, als er gekommen war, und nun ist ein Kind in der Wohnung. Wer bist du denn, fragt Ronda den Jungen, und: Wie kommst du denn hierher? Der Junge ist noch sehr klein. So klein, dass er sicher jemandem entwischt sein muss, wenn er alleine herumläuft. Und zu klein, um mit dem Feuer zu spielen. Ronda kann sich nicht erinnern, ihn jemals gesehen zu haben, und auch E. kennt ihn nicht. Aber bei den chronisch Schlaflosen und ihrem Nachwuchs verliert man manchmal den Überblick. Ronda reicht dem Kind ein Stück Pizza. Als es das Stück in den Mund nehmen will, beißt es auch etwas von der Papierserviette ab. Ich glaube, es gehört den chronisch Schlaflosen, sagt Ronda. Ein paar Anrufe kreuz und quer durch das Haus werden getätigt, bis Ronda herausfindet, aus welcher Wohnung der Junge verschwunden ist und E. sich bereit erklärt, ihn zurückzubringen. Dann nippt er noch ein letztes Mal an dem Eistee, dessen Farbe ihn – er kann gar nicht anders – wieder an Linas Marmelade denken lässt.

3. Stock, links: Blätter

Erst in seinem dritten Jahr begann der Baum, der auf Linas Balkon stand, im Herbst seine Blätter abzuwerfen. In diesem Jahr war die Baumfruchternte besonders ertragreich gewesen. Lina hatte so viel Marmelade eingekocht, dass die Gläser – effektiv gestapelt – ihr ganzes Schlafzimmer einnahmen. So schlief sie auf der Couch im Wohnzimmer und verschenkte besonders viele Marmeladengläser, denn zum neuen Jahr wollte sie wieder in ihrem eigenen Bett schlafen.

Die Krone des Baumes war nun schon von stattlicher Größe, und sein Schatten ragte längst über die Fahrbahn. Und dann fingen die Blätter an zuerst gelb, dann braun zu werden und zu fallen. Und die Blätter fielen und fielen. Sie fielen auf Linas Balkon. Und auf den, wo Bell und ihre Mutter saßen. Auf Ritas Balkon und den der Rolmars wehten sie hinüber. Sie schwebten hinauf auf den Balkon der leeren Wohnung im Vierten und durch ein offenes Fenster in jene Wohnung, die Oscar früher bewohnt hatte. Die Blätter fielen auf den Bürgersteig und die Fahrbahn, und nicht wenige flogen auf die andere Straßenseite. Unmengen von Blättern waren es, die vom Baum fielen, und lange Zeit schien der Laubfall kein Ende zu nehmen.

So kann das nicht weitergehen, sagte der alte Rolmar, nachdem er einmal auf den Blättern vor der Haustür ausgerutscht war und sich den Knöchel gebrochen hatte. So kann das nicht weitergehen, rief er, und am Ende gab ihm sogar Lina Recht. Doch was machte man mit den ganzen Blättern, die nicht aufhören wollten, vom Baum zu fallen?

Zunächst wurden Besen und Schaufeln zusammengetragen. Jeder brachte das mit, was im eigenen Kellerraum oder zu Hause in der Putzkammer stand. Kehr- und Laubbesen wurden angeschleppt, Garten- und Handschaufeln. Eimer und Wäschekörbe. Und dann wurde geschaufelt und gekehrt, mit den blanken Händen in das Laub gegriffen, und die Kinder warfen sich ein paarmal Laub ins Gesicht und wurden dann ermahnt. Zehn, vielleicht fünfzehn Bewohner waren es, die den Tag damit verbrachten, Blätter aufzusammeln und hinters Haus zu bringen. Dort türmte man sie zu hohen Laubbergen, die auch in den folgenden Wochen immer weiter anwachsen würden.

Kurz vor Beginn des Winters fielen keine Blätter mehr, und zum ersten Mal war der Baum auf Linas Balkon kahl. Stattdessen sah man nun, wenn man hinters Haus ging, riesige Laubberge. Und jetzt fragten sich die Hausbewohner, was man wohl damit machen könnte, jetzt, wo es offensichtlich nichts mehr aufzutürmen gab. Die Kinder im Haus wollten die Blätterhaufen anzünden. Ein Feuer wollten sie mit ihnen machen, so hoch würden die Flammen reichen, bis zum Balkon im ersten Stock oder noch höher, riefen sie begeistert, doch Lina bremste ihren Enthusiasmus. Ihre kohligen Finger sollten sie sich gefälligst woanders holen, die Blätter würden sie nicht anrühren, es sei schließlich ihr Baum. Stattdessen begann sie, nach und nach die Blätter in Wäschekörben zurück in die Wohnung zu tragen. Was sie denn mit den ganzen Blättern wolle, damit könne man doch Dutzende Kissen befüllen? Hatte der alte Rolmar sie noch gefragt und womöglich hatte er Lina die entscheidende Idee gegeben. Auch, wenn sich im Nachhinein niemand mehr sicher war, ob er tatsächlich Kissen oder nicht doch Kisten hatte sagen wollen. Vielleicht war Lina aber von selbst darauf gekommen, was sie mit diesen Mengen an Blättern anstellen konnte. Als sie die mittlerweile trockenen Exemplare aus der Nähe betrachtete und ihre besondere Beschaffenheit feststellte: Die Blätter waren glatt an der Oberfläche und hatten eine an Leder erinnernde Mischung aus Zähheit und Biegsamkeit. Es wäre kaum möglich gewesen, sie zu zerreißen, geschweige denn, eine gewöhnliche Nähmaschinennadel durch sie hindurchzustoßen, um sie zu einem großen Flickenteppich zu vernähen, wie Lina es wohl zunächst vorgehabt hatte. Stattdessen stellte sie fest, dass sich die getrockneten Blätter gut zusammenknüllen ließen. Dabei setzten sie einen Geruch frei, der sie an die Rinde des Baumes erinnerte, ein wenig süßer vielleicht. Außerdem nahmen die Blätter die Wärme ihrer Hand auf und warfen sie zurück. Genau das Richtige für den Winter, muss sich Lina gedacht haben, als sie die Naht ihrer Decken auftrennte, die Daunen hinterm Haus ausschüttelte und dann begann, die Blätter aus den Wäschekörben zusammenzuknüllen und ihre Bettdecken damit auszustopfen. Bettdecke um Bettdecke stopfte sie. Sie schien viele zu haben, denn Lina stopfte und stopfte, bis alle Wäschekörbe leer waren. Nachts wickelte sie sich in zwei bis drei Decken, schwitzte anfangs, doch dann kam der Winter und Lina kuschelte sich in die Blätterdecken und der Geruch des Baumes umhüllte sie, während sie in den Schlaf fiel.

1. Stock, Anbau: Körbe

Leise ist es, als Ronda die Treppen hinuntergeht. Sie hat die frühen Abendstunden gewählt, für das, was sie vorhat. Jene Stunden, in denen es zu dieser Jahreszeit schon dunkel ist, das Treppenhaus ruhig, und an den Küchen- und Wohnzimmertischen das Besteck klappert.

Im Treppenhaus ist das Licht aus, aber das stört Ronda nicht. Dunkelheit ist sie gewöhnt, ein fensterloses Zimmer und monatliche Stromausfälle. Ronda legt den Schalter nicht um, Ronda hat die Hände voll. Zu tun und zu tragen auch. Einen großen Korb trägt sie, über den Inhalt eine Tischdecke gelegt, in der anderen Hand einen Eimer, ein Handspaten scheppert darin.

Fischig riecht es im Treppenhaus, während Ronda hinuntergeht. Böse Zungen sagen, sie trage den Geruch an sich. Er haftet an Haut, Kleidung und Haar. Trägt sie ihn an sich oder mit sich herum? Fragt man sich womöglich, während der Spaten im Eimer hin und her wippt und der Korb an ihrer Armbeuge. Leise ist es sonst im Treppenhaus. Fischig riecht es hier sonst nicht.

Ronda stellt den Korb ab und den Eimer. Ihre Knie fallen in feuchtes Gras. Ronda greift in den Eimer, nun scheppert da nichts mehr. Ronda hat die Hände voll zu tun und den Spaten voller Erde. Behutsam ist sie, schneidet an der Oberfläche Rechtecke in den Rasen, nach unten eine Handfläche breit. Vorsichtig hebt sie die Rechtecke an und legt sie, mit der Grasfläche nach oben, zur Seite. Jetzt darf wilder gegraben werden. Ronda stößt die Schaufel in die Erde, Ronda trennt Wurzelfäden und Regenwurmkörper mit der Metallkante – wer sieht das schon im Dunkeln. Ronda prüft die Tiefe des Lochs. Sie ist zufrieden, hebt die Tischdecke vom Korb an, greift mit beiden Händen hinein und zieht schnell etwas heraus, das sie in die Erde legt. Wiederholt das Ganze nochmal. Und nochmal. Drei-, vier-, fünfmal greift sie in den Korb. Hält seinen Inhalt zwischen den Handflächen fest und verdeckt wie einen kleinen Schatz, den sie dann in die Erde legt, ein paar Zentimeter hineinfallen lässt sogar. Doch wer sieht um diese Tageszeit schon, was draußen in ein Erdloch fällt. Ein paar Fenster sind erleuchtet, drinnen sind die Tische gedeckt und die Augen auf das Gegenüber, die Tischmitte oder den eigenen Teller gerichtet. Messer halbieren Gemüse-, Zähne Nudelstücke. Und Ronda hat wieder die Schaufel in der Hand. Schüttet das Hineingeworfene mit Erde zu. Regenwurm- und passende Wurzelenden finden sich dabei nicht mehr, dafür werden die zuvor ausgeschnittenen Rasenrechtecke behutsam wieder obendrauf gelegt und mit den Fingern festgeklopft.

Nach Erde riechen Rondas Finger jetzt, wer würde den Fisch schon darunter wahrnehmen. Da greift sie wieder nach dem Eimer, wirft den Handspaten hinein, den Korb in die andere Hand oder besser in die Armbeuge, Türen muss sie noch aufschließen, aufstoßen dann. Einige Stufen hinauflaufen. Dunkel ist es im Treppenhaus, und Ronda ist es lieber so. Sie wähnt sich alleine. Zu hören ist dort auch nichts, ihre eigenen Schritte, die Schaufel im Eimer vielleicht. Vor ihrer Wohnungstür steht Ronda nun, kramt in der Hosentasche nach dem Schlüssel. Fremde Schritte hat sie nicht gehört. Nach dem Schlüsselloch tastet sie jetzt, da legt sich eine Hand von hinten auf ihre Schulter, und Ronda würde schreien, wenn eine zweite Hand nicht rechtzeitig auf ihrem Mund platziert werden würde. Nach Erde riecht auch diese Hand. Ronda dreht sich um und Ronda erkennt. Die Hand löst sich von ihrem Gesicht. Ein Name, wie ein einziger Buchstabe entspringt ihren Lippen. Sie hatte ja keine Ahnung.

Straße, Bürgersteig: Katzenminze

Da ging ich die Straße entlang, nichtsahnend, wie sollte ich auch. Also normalerweise passiert so was ja auch nicht, wie ich da entlanggehe und dann plötzlich erschrocken zur Seite springe. Ich weiß nicht, was es war, das mich so erschreckte, aber gut war es, denn ein paar Sekunden später krachte mit voller Wucht ein Blumentopf herunter, genau dort, wo ich gerade eben noch gewesen war. Also so, dass er mir auf den Kopf hätte fallen können, aber dann lag der auf dem Boden und der Topf war zerbrochen und die ganze Erde, die war auf der Straße verteilt und mitten drauf thronte ein kleines Pflänzchen, blaue Blüten hatte es. Ich sah nach oben, ob nicht noch eins hinterherkam. Wind war ja nicht besonders, aber vielleicht war jemand irgendwie blöd drangestoßen. Das Schlimmste will man ja nicht denken. Hab aber nichts mehr gesehen. Da hab ich mich gebückt zur Pflanze hin und ein Blättchen rausgezupft und daran gerochen. Katzenminze wahrscheinlich. Die werden sich demnächst darum scharen, die Tiere. Aber das hab ich nicht mehr gesehen, da war ich schon weiter.

Hinterm Haus: Federn

Und dann war da noch der Tag, an dem Alis hinterm Haus spielte und ein paar von den Kindern der chronisch Schlaflosen auch. Es war Herbst, doch statt der Laubberge fanden sie nur zwei große Plastiksäcke mit Daunenfedern darin. Die Kinder rissen die Säcke auf und Alis warf die Federn in die Luft und die Kinder riefen, es schneit, es schneit, und warfen noch mehr Federn hoch und imitierten Flügelbewegungen mit ihren Armen. Und eines der größeren Kinder, das zog dann ein Feuerzeug aus seiner Hosentasche und hielt die Flamme in die Luft und an die herabgleitenden Federn, sodass sich diese entzündeten und kurz aufglühten, bevor sie als schwarze Flocken ins Gras fielen. Und ein paar der Kinder, die zogen ihre Jacken und Pullover aus und reckten ihre nackten Arme den fallenden Federn entgegen, doch ihr Glühen war meist schon erloschen, wenn sie ihre Haut streiften.

Nichtsdestotrotz wunderte sich Marta Rolmar am Abend über die kleinen Brandlöcher in Alis' Strumpfhose und über die Federn, die sie in den nächsten Tagen immer wieder vom Kinderzimmerteppich aufheben würde.

3. Stock, Mitte: Nina

Nina, vierjährig, fünfjährig, sechsjährig, mit wallendem Rock und geblümten Strümpfen. An Mutterhänden betritt sie die Hausnummer 29, das erste Mal wohl, mit großen Augen um sich schauend. Vaterhände, die sie über Koffer und Treppenstufen heben, klarblaue Rita-Augen, die vom Balkon auf sie herabblicken, drohend, denkt Nina und versteckt sich hinter den leinenen Hosenbeinen des Vaters. Nina wird wieder hinaufgerufen von der Mutterstimme. Nina steht daneben beim Kisten- und Kofferauspacken. Darf Pullis falten und fühlt sich ganz groß dabei.

Nina, hinterm Haus spielend. Nina, deren Wollstrümpfe Grasflecken bekommen, Nina, die sich auf die Schaukel setzt, die Beine in die Höhe schwingt, während ihr Rock weht, weht, weht in der Luft. Nina läuft ins Haus, wenn sie Käfer entdeckt, und macht die Augen zu, wenn Rita in der Nähe ist. Nina, die nicht versteht, wie Vateraugen, Mutteraugen nächtelang aufbleiben können, und warum sie trotzdem nicht chronisch schlaflos sind. Nina, die ihren Namen schreiben kann und schon weiß, wie man einen Knopf annäht. Nina, die leere Schneckenhäuser sammelt und sie auf Schnüren zu Ketten aufzieht.

Nina, acht-, neun-, zehnjährig, mit einem Lachen, das hallt, hallt, hallt, wenn sie Bells Schwester Lippen und Wangen rot anmalt. Nina, die kalte Füße hasst, den Wind und das Geräusch von knallenden Türen; die reden kann wie ein Wasserfall und niemandem erzählt, dass sie die Bettdecke über den Kopf zieht, wenn der Teppichboden bebt und die Lampenschirme auch. Nina mit Bells Schwester laute Lieder krächzend. Nina, die lacht, lacht, lacht, dass die Bäuche zittern und die Wände auch, wenn ihre Lieder Bell zum Weinen bringen.

Nina hat sich schon gefragt, ob unter der Decke Geister hocken. Sie hört die alte Rita über Nacktschnecken die Nase rümpfen und die chronisch Schlaflosen verstummen, wenn ihre Eltern vorbeigehen. Nina mag auch keine Schnecken und sammelt jetzt Muscheln für eine Kette. Sie schreibt Bells Schwester Briefe, die sie in einem alten Blumentopf hinterm Haus versteckt. Briefe mit runden Buchstaben, von kahlen Wänden und zerbrechenden Weingläsern. Nina weiß, dass man Salz auf die Teppichflecken streuen muss. Mutterhände streichen übers Haar und nehmen die Vorhänge ab.

Nina, plötzlich mit einem Bruder, der im Gitterbett liegt und sich kaum rührt, wenn man ihn anstupst. Einen Namen wie mit Kussmund gesprochen hat er. Mo, sagt Nina und macht die Lippen dabei so spitz wie ihre Mutter. Nina, die Mo manchmal die Augen verbindet, nur damit er schreit. Sich dafür ausschimpfen lässt, keine Miene dabei verzieht und in ihr Zimmer geht. Kopfhörer hat Nina dort und Bilder, die sie selbst an die Wand gehängt hat, auf jedem ein umwerfendes Lächeln.

Nina, zwölf-, dreizehn-, vierzehnjährig wieder zwischen Koffern. Hilft den Eltern, das Auto zu beladen. Ein paar Tage werden es nur sein, sagen sie, euch wird gar nicht auffallen, dass wir weg sind. Wie man den Bruder hinsetzt, weiß Nina, und auch, was er am liebsten isst. Von Bell und deren Mutter will sie sich helfen lassen, verspricht sie. Augen verbindet sie nicht mehr. Sie kennt den traurigen Blick, mit dem sie in den nächsten Tagen auf den halbleeren Elternschrank schielen werden. Der größte Schrank, den sie je gesehen hat, sagt Bells Schwester.

Nina hört Mutter-, Vaterstimmen hinter der zugezogenen Haustür verklingen. Zurückkehren werden sie nicht mehr, doch davon weiß sie jetzt noch nichts. Sie bringt den Bruder ans Fenster, winkt zum Abschied. Später wird sie ein paar Blumen pflücken und auf den Wohnzimmertisch stellen. Noch später, in der kommenden Woche, wird es an der Tür klingeln. Dass sie keine Fremden hereinlassen soll, wird sie sagen und versuchen, keine Miene zu verziehen, während sie die Elternkoffer in die Hand gedrückt bekommt. Einen Autoschlüssel reicht man ihr nicht. Sie wird auch nicht danach fragen. Stattdessen Vaterhemden, Mutterkleider auf Bügel ziehen und Mo dabei anlächeln.

Nina, sechzehn-, siebzehn-, achtzehnjährig, die auf dem elterngroßen Bett Mittagsschlaf hält. Sie hat Eltern, die verschwunden sind, doch darüber spricht sie nie. Nina, wie sie den Bruder in den Schrank hievt, damit er ruhig ist. Die Schranktüren lässt sie offen, so bleibt Platz für die Beine. Nina, die kräftige Arme hat und Waden. Im Sommer nimmt sie keine Decke. Nina glaubt nicht mehr an Geister. Nina, die nicht viel davon hält, den Bruder mehr herzuzeigen als nötig wäre, und noch weniger von den Kindern im Haus.

Nina ist erwachsen geworden. Im Sommer trägt sie einen Stuhl auf den Bürgersteig und setzt sich mit Bells Schwester in den Schatten des Baumes. Nina fächert sich mit der Tageszeitung Wind zu. Von einem Mann hat sie gelesen, der Motten mit Rauch vertreibt. Selbst raucht Nina nicht. Nina, die zusammenzuckt bei quietschenden Reifen und die Ritas Spiegel für gefährlich hält. Eine Schnecke schleicht ihr die nackte Wade hoch, während sie den Namen des Bruders mit Kusslippen formt. Ein spitzes Mo. Den Kopf in den Nacken legend, das Gesicht zur Sonne gereckt. Mo, nach dem sie gleich noch sehen muss, sagt Nina, der Schweiß und Sonnencreme über die Stirn läuft, und die noch eine ganze Weile sitzen bleibt neben Bells Schwester, bevor sie sich entschließt, hinaufzugehen.

Nina hat immer ausreichend Kleingeld und gibt keine Antwort, wenn man sie fragt, woher. Nina ist es egal, worüber gesprochen wird, wenn sie nicht da ist. Manchmal geht sie fort aus dem Haus mit der Nummer 29, tage-, wochen-, monatelang. Nina kauft Kekse und Wasserflaschen für den Bruder. Nina ist dann plötzlich wieder da, als sei sie nie fort gewesen.

Ab und zu tanzt, tanzt, tanzt Nina bis zum Morgengrauen und manchmal noch darüber hinaus, auf dem Treppenabsatz. Sie streift die Schuhe ab, bevor sie die Wohnung betritt. Nina, die den Bruder nicht wecken möchte, der Rest des Hauses kümmert sie nicht, die chronisch Schlaflosen schon gar nicht. In Bells Schwester hat Nina eine Verbündete, und alle anderen können ihr gestohlen bleiben. Nina hält Gleichgültigkeit für eine Stärke und selektive Taubheit für ein großes Glück. Nina, die gelernt hat, wie man ein falsches Lächeln aufsetzt, und ein echtes Lachen hat, das hell ist und hallt, hallt, hallt, wenn es im Treppenhaus erklingt.

Nina macht große Schritte und hat ein Talent für überstürzte Aufbrüche. An dem Tag, an dem sich alle von Rita verabschieden, wird sie nicht da sein. Planen wird Nina das nicht, aber sie hätte es gut planen können. Nina, die kalte Füße immer noch nicht mag und braune Augen lieber als blaue. Die Jahre, die sie nun hier lebt, misst sie an den Armbändern, die ihr Bells Schwester an den Geburtstagen schenkt. Die Jahreszeiten teilt sie danach ein, ob man schwitzt oder einen Mantel trägt. Sie kauft farbige Wollknäuel für Mo und erzählt dem Bruder, was nötig ist. Nina, die sich nur manchmal, wenn sie sich unbeobachtet fühlt, auf den Balkon stellt und den Namen der Eltern in den Wind haucht, ganz leise, falls sie wieder auftauchen sollten.

Diese Nina hat nun ein schlechtes Gewissen, als sie die Schranktür hinter sich zuzieht, die Wohnungstür dann, den Bruder zurücklässt mit Wasser und Keksen, sich dabei auch seltsam befreit fühlt. Aber es ist ja nicht für lange, sagt sie ihm, sagt sie sich selbst, ein paar Stunden nur, ein paar Tage vielleicht.

Urlauber

Alle paar Jahre sind die Urlauber gekommen. Mal nur für ein paar Tage, mal mehrere Monate lang. Haben sich eingenistet bei den Geschwistern im Dritten das letzte Mal.

Wo sind die denn eigentlich gewesen in der Zeit? Ich meine, die können doch nicht …

Nein, natürlich nicht. Ach, ausquartiert halt. Aber wohin, dazu kann ich auch nichts sagen.

Kann ja auch nicht einfach sein, zu verschwinden mit ihm.

Auf keinen Fall, das ist mir auch ein Rätsel. Aber zutrauen, das w-

Was denn?

Ach nichts.

Wirklich?

Nein, nicht wichtig, ehrlich. Es ist ja auch für andere nicht schwer gewesen einfach zu gehen, auch für längere Zeit.

Nein das nun wirklich ni-

Man denke nur an den Jungen von Marta.

Rita hatte ihr gesagt, er würde nicht mehr wiederkommen. Tagelang wollte Marta nicht mehr mit ihr reden dann, bis sie sich wieder eingekriegt hat.

Na, ja, sie hatte Rita ja gefragt, was fragt sie Rita auch. Jeder weiß doch, dass man Rita so was nicht fragen soll.

Aber was ich dich jetzt noch fragen wollte, also was du vorher gemeint hast-

Ach. Warum kannst du nicht einfach-

Was ist denn los?

Manchmal wünsche ich mir, du würdest verschwinden.

Was?

Einfach so.

Warum?

Na, das sollst du mir nicht übelnehmen. Aber wenn d-

Nicht übel, so, so.
Was wäre denn dann, hm?

Wenn du weg wärest, dann wäre es endlich still.

2. Stock, links: Luftblasen

Er sagte meinen Namen, Bell, sagte er, und ich, ich kam mir vor wie ein Fisch. Ich versuchte zu sprechen, wollte ihm sagen, wie sehr mich sein Besuch freute, ihn fragen, was er getan habe, all die Zeit, doch ich brachte keinen Laut heraus. Meine Lippen formten die Worte, und ich glaubte, sie auszusprechen, doch einmal hinausgestoßen, hörte ich sie nicht. Mir war, als würde ich statt Laute nur tonlose Luftblasen in den Raum werfen. Und ihm muss es so vorgekommen sein, als hätte er einen Goldfisch vor sich, der stumm seine Lippen bewegt, ihn anstarrt, unfähig, durch die Glaswand zu ihm hindurchzudringen.

Die Wohnung war ein Aquarium, und der einzige Fisch darin war ich selbst. Ich hatte von Fischen gehört, die, wenn sie erschraken, sich in Gefahr wähnten oder auch nur kurz Parasiten abstreifen wollten, aus eigener Kraft aus dem Wasser herausspringen konnten. Doch vermochte ich die Glaswände um mich herum nicht zu finden. Und selbst wenn, hätte ich nicht gewusst, in welche Richtung ich hätte springen müssen, um ins Freie zu gelangen.

Touristen

Zu der Zeit, als Linas Baum und der Duft der Marmelade, die sie aus seinen Früchten kochte, alle möglichen Besucher anlockte, und Rita, wenn sie auf dem Balkon in ihrem Korbstuhl saß, womöglich manch vor dem Haus stehende Menschentraube beobachten konnte, gab es auch den ein oder anderen, der, eine Karte von unserer Straße in den Händen haltend, an dem Haus mit der Nummer 29 vorbeispazierte, ohne auch nur einmal nach oben zu sehen.

Jahre später

Einmal kam einer vorbei. Er sagte, er habe hier gewohnt, ein paar Jahre sei es schon her. Einige davon war er auf Reisen gewesen, ein paar auch im Gefängnis. Er sagte seinen Namen und nannte einige der unseren, aber niemand konnte sich an ihn erinnern. Wir musterten ihn lange und ließen in unseren Köpfen Gesichter passieren. Doch seines war nicht dabei. Das Haar des Mannes war dunkelgrau und legte sich kraus über seine Ohren. Seine Augenbrauen waren dunkler als das Haupthaar und wirkten wie mit einem dicken Filzstift gezeichnet. Er sprach fünf Sprachen und stammelte Brocken einer sechsten. Wenn er lachte, sah man, dass ihm am Unterkiefer ein Zahn fehlte. Er fragte, ob denn gerade eine Wohnung frei sei. Es müsse auch nicht die sein, die er früher bewohnt hatte. Vorhin hätte er gesehen, dass da Licht brannte. Wir runzelten die Stirn. Dann drehten wir uns um und blickten an der Fassade hinauf. Ein paar Gardinen waren zugezogen, ein, zwei Fenster standen offen. Nirgendwo brannte Licht. Natürlich. Es war Mittag: taghell, viele noch bei der Arbeit. Macht nichts, sagte der Mann, er würde vielleicht später noch mal wiederkommen. Man könnte ja mal einen Kaffee zusammen trinken, auf die alten Zeiten. In einer Pension sei er untergekommen, nicht weit von hier. Wir sahen ihm nach, wie er sich immer mehr entfernte, und einen Moment, bevor er an der nächsten Straßenecke abbog, kam uns sein Gang seltsam vertraut vor.

Noch ein paar Jahre später

Jahre nachdem Tom aus dem Haus und dem Aufzug, den er dort bewohnt hatte, verschwunden war, ja als wir alle schon nicht mehr dort wohnten, traf ich ihn wieder. Es war in einer Tankstelle an der Ausfahrt einer Stadt, die ich über das Wochenende besucht hatte. Tom – ich war mir sicher, dass er es war, obwohl ich, wenn ich die Augen schloss, nicht in der Lage war, die Gesichtszüge jenes Mannes aufzurufen, der mich damals, im karierten Pyjama auf dem Aufzugboden hockend, angesehen hatte – stand beim Zeitschriftenregal. Tom, rief ich, dann ein zweites Mal etwas lauter und tippte ihm auf die Schulter. Kennen wir uns, fragte er, als er sich umdrehte. Sein Gesicht wirkte sehr gealtert, aber zu vertraut, als dass ich daran zweifeln konnte, Tom vor mir zu haben. Dass er auf diesen Namen zu hören schien, war nur eine Bestätigung dessen, was ich schon wusste. Dass er mich nicht erkannte, wunderte mich nicht, war ich doch noch sehr jung gewesen, als er bei uns lebte, und hatte im zweiten Stock gewohnt. Doch als ich ihn ansprach, auf das Haus, den Aufzug mit Sessel und Gummibaum, auf den Vierten, auf Oscar und die Badezimmerepisode, wusste er nicht, wovon ich sprach. Ich nannte die Straße, das Viertel, die Stadt, doch er behauptete, nie dort gelebt zu haben, dass er die Stadt nur einmal besucht hätte, und das sei nun schon viele Jahre her.

Gericht

Sie hat sie zur Rede gestellt später: alle, die beteiligt gewesen waren an der Geschichte mit Oscar und seinem Kasi. Sie hat Oscar besucht. Den ältesten Rolmar-Jungen nahm sie mit, der sollte alles aufzeichnen. Oscar sprach nur von Kasi hier und Kasi da. Aber schlau wurden sie aus seinen Worten nicht. Er schien gar nicht wirklich zu wissen, wo er sich befand und was in der Zwischenzeit geschehen war. Rita sagte, er habe ihr sogar ein Bild von Kasi zeigen wollen und was für ein ansehnliches Geschöpf er doch gewesen sei. Als sie das sagte, wirkte der Rolmar-Junge sehr überrascht. Später sagte er, auf dem Bild sei nichts zu erkennen gewesen. Aber während Rita noch da war, schwieg er.

Wir waren in Oscars Wohnung, kurz nachdem sie ihn mitgenommen hatten, aber Kasi haben wir nicht gesehen. Vielleicht wissen die Behörden mehr. Vielleicht war Kasi so schlau, dorthin zu verschwinden, wo er hergekommen war, bevor seine Entdeckung noch mehr Unheil anrichten konnte.

Dabei hatte Tom so ein schlechtes Gewissen. Kurz bevor er fortging, hatte Rita auch mit ihm gesprochen. Da sagte er aber nichts davon, dass er gehen würde. Er war nur einfach fort danach. Dachte wahrscheinlich, dass wir ihn für schuldig halten und rausschmeißen würden. Oder ihm zumindest das Leben schwer machen. Gab ja ein paar, die von Anfang an nicht wollten, dass er im Aufzug lebte, obwohl es so lange niemandem aufgefallen war.

Mit Toni hat Rita nicht mehr gesprochen, der war schon weg, als er an der Reihe war. Aber mit noch ein paar anderen. Lose Schnipsel hat sie zusammengetragen. Mit chronisch Schlaflosen hat sie gesprochen und einiges über seltsame Geräusche aus den Wasserrohren erfahren. Und dass es einmal bei Oscar verbrannt gerochen habe und er dann so seltsam reagierte, als sie mit dem Schlüssel von der Hausverwaltung hereinkamen – aufs Klingeln hatte ja niemand geantwortet vorher –, überhaupt dass es schon länger so gewirkt habe, als hätte er was zu verbergen. Das half aber niemandem. Am wenigsten Oscar, dort, wo er jetzt war.

Rita hat alle zur Rede gestellt, später. Sie hat versucht, den Vorfall aufzuklären, wie sie es jahrelang mit so vielen Vorfällen gemacht hatte, in der Nummer 29. Spielt sich als Richterin auf, hatte E. noch gesagt, hinter ihrem Rücken natürlich, der wagt ja sonst nichts. Aber es war dann auch der letzte Fall, um den Rita sich kümmerte. Denn ein derartiger Vorfall sollte sich in den nächsten Jahren nicht mehr ereignen.

Rita sagt

Es ist das Haus, es steckt mir in den Knochen.

Oder bin ich es, die dem Haus in den Mauern steckt?

Angenommen

Und irgendwie ahnte ich, dass Spuren bleiben müssten, wenn Rita fort wäre. Nicht nur an uns, die wir uns angewöhnt hatten, sie um Rat zu fragen bei diesem und jenem und in allen Angelegenheiten. Ich meine Spuren am Haus. Sie wohnte ja nun schon so lange hier. Mir schien es unvorstellbar, dass jemand anderes in ihre Wohnung zog. Dort Teppiche ausrollte, Bilder aufhängte, Nägel in die Wände schlug womöglich, die Blumenkästen auf ihrem Balkon neu bepflanzte, sich dort hinsetzte, um die Abendsonne zu genießen oder was weiß ich, und dass einfach nichts passierte.

Ihr werdet mich jetzt womöglich für verrückt halten, aber ich war fest davon überzeugt, an dem Tag, an dem Rita uns verließe, würde das Dach über uns zusammenbrechen. Vorsichtshalber hatte ich mir vorgenommen, auf Reisen zu gehen, wenn es so weit kommen sollte.

Aber noch war Rita ja da und sie sagte: Man kocht kein Tier, solange es noch atmet.

Treppenhaus, Kellereingang: Ohne Licht

Manchmal passiert es. Dann geht das Licht aus im ganzen Haus. Plötzlich passiert es, immer öfter in letzter Zeit. Und wenn es draußen schon dämmert, ist alles dunkel im Treppenhaus. Nur unsere Grillpfanne glüht noch vor dem Kellereingang. Die Hände leuchten rot, wenn wir sie ans Feuer halten. Dann gehen die Türen von unseren Wohnungen auf und wir hören die Stimmen unserer Mütter. Sie rufen Vina, rufen Rott, rufen Ato, rufen Alis. Maia rufen sie nicht mehr, sie hatte andere Spiele und war schon lange fort. Eli und Flo riefen die Stimmen auch nicht, sie waren immer schon drinnen, bevor es dunkel wurde. Die Stimmen rufen ein paarmal, doch wir gehorchen nicht. Wir bleiben bei der Grillpfanne. Bis der Strom wiederkommt, bildet sie die einzige Lichtquelle. Wir müssten sie löschen, wenn wir gingen. Keiner würde dann sehen, wo er hintritt, und manch einer muss viele Stufen hoch im Dunkeln. Die Grillpfanne dann hier liegen zu lassen mit fast erloschener Glut, das wäre doch zu gefährlich. Zumindest sagen wir das unseren Müttern, wenn sie uns später fragen. Wenn das Licht wieder da ist, gehen wir nach oben. Meistens jedenfalls.

3. *Stock, Mitte: Gute Nacht*

Eine Zeit lang steckte Nina ihrem Bruder ein Nachtlicht in die Schlafzimmersteckdose. Sie legte sich neben ihn auf das große Elternbett und erzählte ihm von den wilden Tieren, die unten im Keller wohnten, von Feuergeistern, die um eine Grillpfanne tanzten und von den Schlangen, die sich hinterm Haus unter dem Laub versteckten. Am liebsten ließ sich Mo jedoch die Etiketten der Kleidungsstücke aus dem großen Schrank vorlesen, und er streichelte die Stoffe, während Nina Materialzusammensetzung und Waschanleitung vorlas, und Mo diese nachsprach, so lange, bis er einschlief.

Übrigens: Man mag es kaum glauben, doch die chronisch Schlaflosen verfügten für ihre eigenen Kinder über ein breites Repertoire an wirksamen Schlafliedern. Mit ihrer säuselnden Stimme sangen sie ihren Nachwuchs binnen weniger Sekunden in den Schlaf. Doch sobald die Kinder anfingen, mit Feuer zu spielen, verloren alle Lieder ihre Wirkung.

Balkon

Als ich im Treppenhaus Lina traf, erzählte ich ihr von dem Traum, den ich letzte Nacht gehabt hatte: Wir feierten auf ihrem Balkon. Den Anlass hatte ich vergessen, aber es war auch nicht wichtig. Alle waren da: Toni mit seinem Gipsarm, Lina mit ihrer Gießkanne, die chronisch Schlaflosen am Geländer. Auch Tom. Er rauchte und trug einen karierten Pyjama. Und Lukas mit seinem Bruder. Ich verteilte Luftschlangen, und mitten unter uns stand natürlich der Baum. Tonis Bruder hatte eine Anlage mitgebracht, einer von den Schlaflosen spielte Geige. Und wir lachten und tanzten und merkten nicht einmal, dass die Sonne mittlerweile untergegangen war. Wir hielten erst inne, als Tom rief, da habe doch gerade etwas geknackt. Wir drehten die Musik leiser, der Schlaflose hörte auf zu spielen, und dann hörten wir genauer hin und wir hörten es, das Knacken. Zuerst sahen wir zum Baum, betrachteten die Äste und Gabeln und sahen nichts. Doch dann rief Toni: An der Wand! Denn dort, wo sich der Balkonboden von der Wand absetzte, war ein Riss. Jemand rief: Nicht bewegen! Und einer von den Schlaflosen wollte sich schnell noch in die Wohnung retten und hechtete zur Balkontür. Und er sprang, und es knackte noch lauter und plötzlich, noch ehe wir richtig erschraken, waren wir im freien Fall, wir alle, der Balkon, der Baum, und im nächsten Moment schon auf dem Boden. Wir lagen auf der Straße, purzelten übereinander und lachten, als sei nichts gewesen. Dann sahen wir auf, und wir sahen den Baum, wie er dalag: seine Äste angeknackst, manche abgebrochen, Harz sickerte dickflüssig aus den Bruchstellen heraus. Autos hatten angehalten und hupten, und fast war uns, als sähen wir jemanden auf der Straße verbluten, doch niemand wusste, welche Notrufnummer man in solchen Fällen wählen musste.

Lina lachte und dann wurde sie plötzlich ernst und strich mir über den Kopf, wie man es bei kleinen Kindern tut. Sie sagte, ich solle hier warten, ging in ihre Wohnung und kam kurz darauf mit einem Glas ihrer Marmelade wieder, reichte es mir und sagte, sie hätte sie gestern erst zubereitet, aber das Gefühl, es wäre ihre beste.

Hinterm Haus: Das Grillfest

Ein paar Monate vor E.s Traum, es war im letzten Sommer mit Rita, gab es tatsächlich noch ein großes Fest draußen hinterm Haus. Niemand konnte genau sagen, was gefeiert wurde. Doch im Nachhinein denke ich, dass wir geahnt haben mussten, dass sich bald alles ändern würde. Zumindest Rita wird gewusst haben, dass wir zum letzten Mal auf diese Art zusammenkamen.

Die Kinder im Haus waren begeistert bei der Sache. Sie hatten eine große Feuerstelle errichtet. Hatten mit Steinen einen Kreis auf den Boden gelegt und Kohlestücke darin verteilt. Darüber war an drei Stangen mithilfe einer Kette ein Metallgitter als Grillrost gespannt. Man fragte besser nicht, wo sie es aufgetrieben hatten. In jedem Fall war das Gitter groß genug für all unser Grillgut: für Linas Plattpfirsiche, den gewürzten Grillkäse, an dem Maias Familie im Takt kaute, und die Würste der Rolmars. E. und Ronda belegten Hamburger für alle, meine Schwester Bell und unsere Mutter marinierten das Fleisch, Nina teilte ihr Sandwich mit Mo, die chronisch Schlaflosen griffen überall zu, und Rita sagte, sie hätte überhaupt keinen Hunger.

Es gab keinen Zweifel daran, dass die Kinder ihre Sache gut machten. Sie passten den genauen Zeitpunkt ab, an dem das Grillgut fertig war, und servierten es dann auf Platten, von denen wir uns der Reihe nach etwas herunternahmen. Wir alle, bis auf die Kinder. Keine Sekunde wichen sie vom Feuer. Nur ab und zu pickten sie mit bloßen Fingern etwas herunter und kauten mit vollen Backen. Sie harrten bei der Feuerstelle aus, als wäre es besonders kalt oder als gelte es etwas Kostbares zu bewachen.

Wir dagegen hatten Plastikstühle und Klapptische hinters Haus getragen, hatten Getränke besorgt, bunte Lampions an die Büsche gehängt und Kerzen auf die Tische gestellt, deren Geruch die Mücken verscheuchen sollte. Auch diverse Salate hatten wir zubereitet und alles rund ums Feuer den Kindern überlassen. Der Tag war warm, aber nicht allzu schwül gewesen, und während wir gemeinsam hinterm Haus saßen, lachten und aßen, sah zunächst alles danach aus, als würde es ein schöner Abend werden. Die Kinder im Haus bewachten die letzten Würste, die noch über der Glut brutzelten, und die meisten anderen hatten es sich auf ihren Plastikstühlen gemütlich gemacht. Bloße Füße, die nackten Zehen im Gras.

Doch etwas lag in der Luft. Vielleicht nur der Rauch, der von der Feuerstelle herüberwehte und Rita zum Husten brachte. Vielleicht war es etwas, das jemand gesagt hatte. Irgendwann, als die letzten Würste schon verzehrt worden waren und man bei Wein und warm gewordenem Bier auf das Nächstbeste anstieß, was einem einfiel. Ich habe nicht mitbekommen, wie es begann. E. meinte später, es wäre Rita gewesen, die provoziert hatte, und ganz abstreiten kann ich das nicht. Manchmal hatte Rita so etwas. Einen Impuls, das Gefühl, in eine Szene eingreifen zu müssen, ein, zwei Elemente zu verschieben. Sich dann zurückzulehnen, zu schauen, was passiert. Wie damals, als sie Nina den kleinen Bruder abgenommen und kurz zu Maia gelegt hatte. Doch da hatte Rita nicht selbst geschrien, nur Ninas Mutter, deren Worte an Rita abzuprallen schienen, als brülle sie gegen eine Wand.

Nein, wie es losging, kann ich nicht sagen. Ich weiß, dass die Gespräche am Tisch etwas ruhiger wurden nach dem Essen. Dass Bell Alis ein Spiel mit einer Schnur zeigte, dass die Kerzen flackerten und lange Schatten auf die Hauswand warfen und dass das Feuer knisterte, obwohl nichts mehr auf dem Grillrost lag. Maias Familie hatte sich zurückgezogen, und Marta Rolmar sagte, sie habe Kopfschmerzen, und verabschiedete sich, was ihrem großen Sohn Gelegenheit gab, unbemerkt nach einer weiteren Bierflasche zu greifen. Keines der Kinder hatte sich von der Feuerstelle entfernt. Die chronisch Schlaflosen saßen fast alle noch am Tisch und leckten sich das Fett von den Fingern, bevor sie in die Schale mit den Erdbeeren griffen – und ich beschloss, im weiteren Verlauf des Abends keine Erdbeeren anzurühren. Ich weiß noch, dass E. zwischen Ronda und Lina auf einer Bank saß und meine Mutter gegenüber, dass hinter ihr an der Wand ein langer Riss zu sehen war. Und dass Nina Mo zu Bett bringen wollte, und versprochen hatte, in ein paar Minuten wieder da zu sein. Rita hatte abseits gesessen und ein wenig abwesend gewirkt.

Weil plötzlich die Stimmen der Schlaflosen erstarben, wurde ich darauf aufmerksam, dass am anderen Ende des Tisches etwas geschah. Und dann hörte ich auch schon Linas und Ritas Stimmen, die für ihre Verhältnisse sehr laut geworden waren. Bis zu diesem Zeitpunkt hätte ich nicht gedacht, dass man Rita je aus der Ruhe bringen könnte. Doch offensichtlich hatte man sie nicht nur aus ihren Gedanken aufgeschreckt, sondern komplett in Rage versetzt, so, wie sie und Lina sich nun gegenseitig anfuhren. Genau verstand ich nicht, worüber sie stritten. Aber die Namen Don und Maia fielen, und es ging wohl auch um den Baum auf Linas Balkon. Sogar E. hatte sich eingemischt. Verteidigte – wie sollte es auch anders sein – Lina. Er packte Rita bei den Schultern und rief, dass sie doch aufhören solle, herumzulügen und alle nach ihrer Nase tanzen zu lassen, und überhaupt zugeben solle sie, dass das damals auf der Treppe Absicht gewesen sei. Ein Raunen ging durch die Bänke der chronisch Schlaflosen, und Linas wütender Blick galt nun nicht mehr Rita, sondern E. Sie zerrte ihn von Rita fort. Alle waren aufgebracht, nur die Kinder verharrten bei den glimmenden Kohlen am Grill. Und dann begann Rita zu husten. Zunächst klang es so, als hätte sie sich verschluckt, dann rau und krächzend. Lina trat zu ihr, beugte sich über sie. Besorgt sah sie aus, und besorgt blickten auch wir anderen in die Runde. Lina klopfte Rita auf den Rücken, Ronda reichte ihr ein Glas Wasser. Eine Decke wurde über Ritas Schultern gelegt, und Bell wollte Tee aufsetzen, doch da hatte Rita sich schon beruhigt und sagte, danke, es sei nicht nötig, es sei doch nichts passiert. Während wir uns alle um Rita versammelten und über die Sorge auch Linas Wut verflogen schien, sah ich nur, wie E. den Kopf senkte, sie wickelt euch nur alle um den Finger murmelte und dann ins Haus ging.

Dann entstand eine allgemeine Aufbruchstimmung, Lina begleitete Rita nach oben, und im Nu waren auch schon alle von den chronisch Schlaflosen verschwunden. Zurück blieben Tonis Bruder, Bell und ich und Alis und die Kinder im Haus. Geht ruhig schlafen, sagten die Kinder, wir warten noch, bis das Feuer ausgeglüht ist und schütten dann Sand darüber. Wir nickten nur müde und verabschiedeten uns. Dann machten wir uns im Dunkeln auf den Weg in unsere Wohnungen, denn im Treppenhaus war wieder einmal der Strom ausgefallen. Bell stolperte auf halbem Weg, doch Tonis Bruder half ihr auf und nahm sie an die Hand. Als ich unsere Wohnungstür aufschloss, dachte ich, dass wir den Kindern im Haus trotz all den seltsamen Treppengerüchen wirklich dankbar sein konnten.

3. Stock, links: Bettdecken

Es knisterte und klackerte, als Lina ihre Bettdecke vom Balkongeländer nahm, wo sie die Decke gelüftet und ausgeschüttelt hatte. Seltsam, dachte Lina, konnte sie sich doch nicht erinnern, dass die zusammengeknüllten Baumblätter in ihrer Decke jemals zuvor geknistert oder geklackert hatten, wenn sie geschüttelt wurden.

Also trennte sie die Naht auf und die ersten Blätter rutschten aus der Öffnung und mit ihnen die Schnecken. Es waren Schnecken mit und ohne Haus, kleine und große Schnecken, gestreifte und gefleckte, die zwischen den Blättern hervorkrochen, als hätten sie schon immer dort gehaust und würden nun plötzlich in ihrer Ruhe gestört. Ich dachte eigentlich, wenn der Sommer vorbei ist, würdet ihr euch in eure Häuser verziehen und uns in Ruhe lassen, sagte Lina zu den Schnecken, vielleicht auch zu sich selbst. Und dann holte sie wieder einen ihrer Wäschekörbe hervor. Und leere Marmeladengläser, die sie immer auf Vorrat hatte. Und mit einer Schere stach sie Löcher in die Verschlussdeckel. Und mit der gleichen Schere trennte sie die Naht der Bettdecke weiter auf. Und sie schüttelte und wendete den Stoff. Und sie sortierte: Schnecken in die Marmeladengläser, die Blätter zur Seite. Und es waren viele Schnecken, die die Gläser füllten, braun und scheckig und gestreift, mit Schneckenhäusern und ohne. Und die Gläser füllten den Wäschekorb und als dieser voll war und alle Schnecken in den Gläsern, trug Lina ihn hinaus.

Wie die Schnecken in den Gläsern nicht mehr klackern oder knistern, dachte Lina. Die Gläser klirren höchstens, wenn sie aneinander schlagen. Und wäre sie auf ihrem Weg hinaus jemandem begegnet, einem von den chronisch Schlaflosen zum Beispiel, hätten sich diese, wenn sie nicht allzu genau hinsahen, höchstens darüber gewundert, dass die Marmelade in Linas Gläsern eine seltsam braungescheckte Farbe angenommen hatte. Wahrscheinlich war sie einfach nur schlecht geworden, hätten sie gedacht, noch nicht einmal Linas Marmelade hält sich ewig.

Lina trug den Wäschekorb nach draußen, aber nicht hinters Haus, nicht dorthin, wo die Kinder spielten und sich vor einigen Wochen noch die Blätterhaufen getürmt hatten. Sie trug ihn auf die Straße und weiter zum Friedhof, denn da gehörten die Schnecken hin, wie sie sagte. Da gehören sie hin und werden aus ihren Gläsern entlassen.

Als Lina wieder in ihrem Schlafzimmer stand und die Blätter sah, die sich nun, schneckenlos, über den Boden verteilten, wusste sie, dass sie viel zu tun haben würde in den nächsten Tagen. Und sie war froh, dass der Baum so viele Blätter gelassen hatte, dass sie gleich alle ihre Decken hatte stopfen können. Und so nahm Lina in dieser Nacht eine frische aus dem Schrank, deckte sich zu und atmete den Geruch ihres Baumes ein, bevor sie einschlief, ohne dass es knisterte oder klackerte.

Stille

Alles ist still geworden. Ich stelle mich raus auf den Balkon. Hier höre ich keine Stimmen mehr, kein Klopfen. Alle haben sich zurückgezogen. Es ist kalt geworden. Noch nicht Winter, aber ein kalter Wind weht schon um die Ohren und durch Ärmel und Kragen in den Pullover hinein, und alle sind in ihren Wohnungen. Nur ich, ich stelle mich auf den Balkon, wo alles still geworden ist. Keine Autos fahren mehr um diese Zeit, nicht in dieser Straße. Hier rauf reicht kein Laternenlicht.

Ich ziehe mir den Pulli über den Kopf. Ich knülle ihn zusammen, beuge mich über die Brüstung und lasse ihn fallen. Ich schaue nicht nach, wohin er gefallen ist, vielleicht auf die Straße, vielleicht ist er hängen geblieben vorher, am Kragen oder an einer Schlaufe. Das ist egal. Ich mache weiter, mit dem Oberteil, der Hose, ziehe mich aus bis auf die Socken, werfe alles hinunter.

Ich stelle mich nackt gegen den Wind, merke, wie er mir zwischen die Finger fährt. Wie ich am ganzen Körper eine Gänsehaut bekomme. Ein paar Minuten bleibe ich so stehen. Dann gehe ich wieder in die Wohnung, verriegele von innen die Balkontür.

Morgen werden sie die Kleidungstücke liegen sehen. Dann ist es bestimmt nicht mehr still. Dann sind die Stimmen wieder da. Aber die Nacht heute, die habe ich noch.

1. Stock, rechts: Husten

Rita, geht es dir gut? Du machst mir Angst. Gleich heruntergekommen bin ich, als Marta anrief. Gebebt haben muss ihre Wohnung. Selbst bei mir haben die Wände noch gezittert. Dein Husten ist schlimmer geworden, das kannst du nicht leugnen. Wenn schon die Böden beben. Sag, kann ich irgendetwas für dich tun? Soll ich etwas besorgen?

Nein, du hast Recht. Auch ich habe kein Vertrauen in diese Doktoren. Don hat ja auch so einen aufgesucht, als er noch in den Keller ging. Zwischen den Kartoffelsäcken hat er gehockt wie Wurzelgemüse. Noch nicht einmal das Licht hatte er an, wenn ich nachts aufgestanden bin, um nach ihm zu suchen. Das konnte ich mir nicht mehr mit ansehen, da habe ich ihm die Adresse rausgesucht. Na, ja, ich würde nicht sagen, dass es geholfen hat. Doch immerhin steht er jetzt dort, wo ich ihn sehen kann.

Aber einen Tee kann ich dir doch bringen. Gerade aufgegossen habe ich ihn und Marmeladentörtchen habe ich mitgebracht. Sag bloß, du hast keinen Hunger? Na dann für später. Wirst sehen, wie gut die sind. Eine richtig gute Ernte hatte ich dieses Jahr und so viel. Wird sicher eine Weile dauern, bis alles aufgebraucht ist.

Oh-oh. Oh, ich merk schon, es geht wieder los. Gut hört sich das ganz und gar nicht an. Trink lieber noch einen Schluck, ist auch Honig drin.

Ist das ein Klingeln, das Telefon? Bleib sitzen, ich geh schon.

Das war einer von den chronisch Schlaflosen. Vor Schreck haben die ein paar Tassen fallen lassen. Ein paar brennende Kerzen auch, aber kein großes Ding, die Kinder kennen sich ja aus. Wachs auf dem Boden wahrscheinlich nur. Sie kratzen wohl schon mit Messern und Fingernägeln. Aber du kennst ja unsere Schlaflosen, ein wenig Übertreibung ist immer dabei. An die Tür haben sie übrigens auch schon geklopft, hat er gesagt, aber ich hab nichts gehört. Du etwa?

Na ist wohl auch besser so, bevor sie wieder in der Wohnung stehen. Da kennen sie ja nichts und brauchen kannst du das ja nicht wirklich. Ich sollte auch gehen, die Törtchen lass ich dir da für später und den Rest vom Tee.

Die Flasche müsste bei Marta sein. Gesprochen haben wir noch nicht miteinander, ich wollte nicht vorgreifen, aber eigentlich bin ich mir ziemlich sicher, dass sie noch bei ihr ist.

Sag, wenn es was zu tun gibt. Wir wissen ja Bescheid und warten.

Kellertreppe: Der Zettel

Als die Kinder im Haus noch mehr Kohlen für das Fest aus ihrem Versteck holen wollten, fanden sie auf der Kellertreppe einen handbeschriebenen Zettel, groß wie die Seite aus einem Schulheft. Auf dem Zettel waren ein paar Dinge aufgelistet, die in dem Haus geschehen waren. Dass einer im Aufzug wohnte und vor sich hin redete, ohne darauf zu achten, wer zuhörte, stand darauf und auch, wie Maias Familie verzweifelt auf ihrer Suche die Wiese hinterm Haus umgegraben hatte. Alle diese Dinge waren schon einige Jahre her. Ein paar Stromausfälle waren auf dem Zettel stichpunktartig dokumentiert und sogar Dinge, von denen die Kinder nicht glaubten, dass sie jemals hier geschehen waren, was unter anderem daran lag, dass es um eine Katze ging.

Während die Kinder den Zettel lasen, ging im ganzen Haus das Licht aus. Im Dunkeln stiegen sie die Kellertreppe hinauf und fanden den Ausgang, der sie wieder hinters Haus führte. Ohne länger darüber nachzudenken, falteten die Kinder dort den Zettel zusammen und warfen ihn ins Feuer. Da er nicht besonders roch, gab es keinen Grund, ein weiteres Wort darüber zu verlieren.

Der Tag, an dem Rita starb

Meine Mutter sagte, ich solle bei allen Nachbarn klingeln und ihnen sagen, dass Rita im Bett läge und sie kommen sollten. Sie packte ein paar Handtücher, Plastikhandschuhe, ein kleines grünes Fläschchen und ein Backblech in eine Kiste und ging damit nach unten.

Das war der Tag, an dem Rita starb.

Am Tag, an dem Rita starb, lief ich die Treppen rauf und runter, um allen Nachbarn Bescheid zu sagen.

Mein Vater sagte, ich dürfe nicht so fröhlich rumspringen und lachen dabei. Also versuchte ich ganz ernst zu gucken, wenn die Türen aufgingen. Ich stellte mir dabei die Gesichter vor, die mein Bruder immer gemacht hatte, um mich zu erschrecken. Er guckte dann absichtlich ganz böse und machte komische Grimassen. Wenn ich mir jetzt sein Gesicht vorstellte, musste ich dabei fast lachen. Ich presste die Lippen fest zusammen, um nicht loszuprusten. Da wusste ich ja noch nicht, dass Rita sterben würde.

Als ich mit allen Türen durch war, ging ich runter in Ritas Wohnung. Das Wohnzimmer war vollgestellt mit Möbeln. Nachttisch auf Kleiderschrank, Kleiderschrank auf Esstisch gestapelt, wuchsen die Möbeltürme bis zur Decke. Im Schlafzimmer standen sie Mensch an Mensch. Meine Mutter kam mir mit einem Blech voller Kekse im Flur entgegen und sagte, ich würde im Weg stehen und solle besser rausgehen. Meine Mutter ist die beste Keksbäckerin der Welt. Sie kann Kekse backen, während sie sich gleichzeitig die Zähne putzt oder ein Buch liest. Meine Mutter macht Kekse aus Schokolade, Nüssen oder Obst. Manchmal auch aus Keksresten oder Dingen, die eigentlich nicht essbar sind, zum Beispiel Vogelsand. Aber Lina macht die bessere Marmelade.

Wenn ich störe, verschwinde ich für eine Weile nach draußen.

Am Tag, an dem Rita starb, ging ich hinters Haus. Hinterm Haus war an diesem Tag sonst niemand. Hinterm Haus war nur ein bisschen Gras und etwas weiter weg standen Bäume und auch eine Schaukel. Ich setzte mich ins Gras und versuchte, ein paar Halme auszurupfen und einen Zopf zu flechten. Die Graszöpfe hielten aber nicht lang. Irgendwann wurde mir langweilig und ich legte mich hin und schlief ein.

Mein größter Bruder sagt, ich lüge, wenn ich schlafe, weil ich dann so friedlich aussehe. Ich weiß nicht, wie ich aussehe, wenn ich schlafe. Ich weiß nur, dass ich dann, wenn ich aufwache, meistens ein sehr zerknautschtes Gesicht habe.

Als ich im Gras aufwachte, hatte ich Halmabdrücke auf den Wangen, aber das machte mir nichts aus.

Ich ging zur Schaukel.

Ich schaukelte.

Ich schwang vor und zurück und streckte die Beine ganz weit in den Himmel. Ich spielte Wolkentreten.

Ich schwang so hoch, dass ich oben in die offenen Fenster hätte reinspringen können. Ich hätte nur loslassen müssen.

Mein größter Bruder sagt, wenn man leicht ist, fliegt man weiter.

So leicht wie ich.

Darum hob er mich immer in die Luft, und wenn ich schrie, ließ er mich fallen. Er sagte, wenn der Boden nicht zu hart ist, macht das nichts. Einmal flog ich so weit, dass ich ein paar Sekunden nur schwarz sah. Danach musste ich ganz ruhig im Bett liegen, und er durfte nicht mehr mit mir fliegen. Mein Bruder sagte, es sei meine Schuld gewesen, ich hätte weiter fliegen müssen.

Ich hätte nur loslassen müssen.

Jetzt ließ ich los.

Ich sprang.

Ich landete im Laub.

Im Laub roch es nach Wald und feuchter Erde. Ich hob den Kopf und schüttelte mir die Blätter aus dem Gesicht. Ich sah eine Eidechse. Sie huschte zwischen den Grashalmen hervor und verschwand im Laub. Ich machte einen Satz nach vorne, konnte sie aber nicht fangen. Da sank das Laub in sich zusammen.

Ich fiel in ein Loch.

Das Loch war unter dem Laub gewesen. Bis zur Brust stand ich jetzt darin. Es war warm in dem Loch. Ich überlegte, mich hinzusetzen, aber dann sah ich die vielen Käfer und Würmer, die Schnecken und Krabbeltiere und wollte lieber wieder raus. Ich habe nichts gegen Käfer und Würmer, schon gar nicht gegen Schnecken, aber ich will meine Zeit nicht mit ihnen verbringen. Wenn wir zu Hause Krabbeltiere oder andere Insekten in der Wohnung sehen, machen wir die Fenster auf und gehen für eine Weile raus. Früher hat mein Vater auch eine Fliegenklatsche genommen, aber damals mussten wir zu oft streichen. Und wenn ich nachts im Bett lag, und die plattgedrückten schwarzen Kleckse an der Wand sah, stellte ich mir vor, sie würden sich von der Wand lösen und in meinen Mund fallen, während ich schlief. In meiner Familie schlafen alle mit offenem Mund. Nur meine Mutter lässt manchmal auch beim Schlafen die Augen auf.

Während ich im Loch war, fragte ich mich, ob ich vielleicht in eines von Maias Löchern gefallen war. Ich weiß, das ist lange her mit Maia, aber wer sonst hätte hinterm Haus ein Loch gegraben. Jagen tut hier niemand. Noch nicht mal Katzen haben wir hier, obwohl man im Winter hin und wieder Ratten im Keller sieht. Mein Vater sagt, die tun nichts und suchen nur die Wärme. Sie sind auch viel schneller als wir und verschwinden, sobald man ihnen mit einer Taschenlampe näherkommt.

Als Maia verschwand, war ich noch sehr klein. Aber die Älteren reden noch oft von ihr. Die Familie, zu der sie gehörte, wohnt im Erdgeschoss. Drei sind es, und ich habe auch immer nur alle drei zusammen gesehen. Mein Bruder erzählte oft von den Suchaktionen, nachdem Maia verschwand. In manchen dieser Geschichten tragen alle Polizisten Tarnanzüge. In anderen haben sie Spürhunde und einen Ameisenbär für die Suche unter der Erde dabei. Jeden Tag finden sie Maia an einem anderen Ort: Maia ist in einer selbst gegrabenen Höhle erstickt! Maia lebt jetzt in einem Fuchsbau! Maia sitzt auf einem Baum und kommt nicht mehr runter! Manchmal hat sie es aber auch bis auf die andere Seite der Erdkugel geschafft oder ist irgendwo im Keller eines wichtigen Gebäudes wieder aufgetaucht. Und einmal sahen sie Maia im Fernsehen als Filmextra. In allen Geschichten kommt Maia nicht mehr wieder. Meine Mutter sagt, seitdem sie weg sei, trügen in ihrer Familie alle die gleichen Gesichter. Ich kann mir nicht vorstellen, dass jemand sein Gesicht verändert, und denke, vielleicht war das auch schon früher so. Nur dass es dann, wenn jemand, der anders war, weg ist, stärker auffällt.

Als mein Bruder fort war, war das auch schlimm. Aber darüber wurde nicht so viel geredet. Meine Mutter sagte, Maia sei eben noch klein gewesen und gesprochen hätte sie auch nicht. Wenn sie das sagte, zitterte ihre Oberlippe ein wenig. Wie immer, wenn sie etwas ungerecht findet oder komisch und es aber nicht sagen darf.

Rita sagte mal, als Maia verschwand, hätte das nicht nur ihre Familie durcheinandergebracht, sondern das ganze Haus.

Mein Vater sagt, Rita sagt viel, wenn der Tag lang ist. Manche Tage sind länger als andere. Am Tag, an dem Rita starb, wurde es früh dunkel. Als es dämmerte, kroch ich aus dem Loch heraus.

Ich dachte, verschwinden ist schlimmer, als im Weg zu stehen.

Damit wir nicht auch noch verschwinden, kommt unsere Mutter vor dem Schlafengehen an unsere Betten. Sie deckt uns zu und wickelt die Bettdecken ganz fest um uns und steckt sie unter unsere Matratzen, sodass wir uns kaum rühren können. Meine Raupen, nennt sie uns und drückt uns Küsse auf die Stirn. Wenn ich die Augen zumache, höre ich den Schlüssel im Schloss.

An dem Abend, an dem Rita starb, hatte ich dreckige Hände und Erde im Gesicht, als ich in ihre Wohnung kam. Alle Möbel waren so ineinandergestapelt, dass ich keinen Stuhl fand, um mich hinzusetzen. Die anderen standen im Schlafzimmer. Es waren sehr viele Leute, und ein kalter Wind kam aus ihrer Richtung. Niemand hatte sich nach mir umgedreht, also ging ich wieder hinaus und setzte mich auf die Treppe.

Manch einer ist beim Warten so geduldig, dass er sich, wenn er aufsteht, erst den Staub von den Schuhspitzen streichen muss, pflegte Rita zu sagen.

1. Stock, rechts: Ritas Worte

Wir standen alle in Ritas Schlafzimmer, gedrängt und um das Bett geschart, und, obwohl Stunden so vergingen, kam es uns zeitweise vor, als würde sich die immer gleiche Sekundenabfolge wiederholen, während wir dastanden und warteten. Zwischendurch wurden Bleche mit Keksen oder Nüssen herumgereicht oder wir traten für ein paar Minuten hinaus, in den Flur oder das Wohnzimmer, vertraten uns die Beine, gingen kurz zur Toilette oder auf den Balkon und schauten auf die Straße hinunter. Wenn wir zu zweit oder auch mehr waren auf dem Balkon, kamen wir meist auf Rita zu sprechen, darauf, wie sie immer hier gesessen und dabei meist gestrickt und mit ihren klarblauen Augen immer wieder auf die Straße hinuntergeblickt hatte. Viele von uns waren unter diesen Blicken aufgewachsen und mit der Überzeugung, dass Rita alles mitbekam. Dass sie alles wusste, was je in diesem Haus und auf dieser Straße geschehen war.

Schon damals, als der Baum auf Linas Balkon anfing, Früchte zu tragen, als schon lange niemand mehr Don gesehen hatte, und erst recht, als Maia verschwand, hatten wir den Eindruck, dass Rita mehr über diese Vorfälle wusste, als sie uns gegenüber zugeben wollte. Die Verbindung zwischen Rita und Maia spürten wir alle. Obwohl Maia nicht sprach, schien sie sich Rita gegenüber auf eine Art verständlich zu machen, die weit darüber hinausging, wie sie mit ihrer Familie kommunizierte. Lange Zeit hatte meine Mutter geglaubt, dass es Rita gewesen war, die Maias Familie geraten hatte, das Mädchen doch mit nach draußen zu nehmen, obwohl sie auch in der Wohnung bei zu starkem Licht kaum die Augen aufbekam. All diese Ereignisse lagen schon Jahre zurück. Doch während wir uns in Ritas Wohnung versammelten, ohne zu wissen, wie viele Stunden wir mit Keksen und Nüssen hier ausharren würden, erinnerten wir uns an jene Geschehnisse und sprachen darüber, als hätten sie sich soeben erst ereignet.

Am Vormittag waren wir hergekommen, wir, das waren, die, die wir schon lange hier wohnten: die Rolmars und Lina, die Familie aus dem Erdgeschoss und viele von den chronisch Schlaflosen und E. und Ronda und meine Schwester und ich natürlich mit unserer Mutter. Marta Rolmar war die Erste gewesen, die am Morgen hier gewesen war, um nach dem Rechten zu sehen. Denn jeden Morgen saß Rita auf dem Balkon und unterhielt sich quer über die Brüstung hinweg mit Marta, die direkt unter ihr frühstückte. An diesem Morgen jedoch war Rita nicht auf dem Balkon gewesen und hatte auch nicht abgenommen, als Marta sie anrief. Da hatte Marta nach dem Zweitschlüssel für Ritas Wohnung gegriffen. Nachdem sie Rita im Bett liegend und schwer atmend vorgefunden hatte, schickte Marta ihr jüngstes Kind, Alis, quer durch das Haus. Sie sollte an allen Türen klingeln und die Bewohner zusammentrommeln.

Danach hatten Martas ältester Sohn und der alte Rolmar damit begonnen, bis auf das Bett mit der alten Rita darin und einer Stehlampe in der Zimmerecke, alle Möbel aus dem Schlafzimmer hinauszuräumen, um dort mehr Platz für uns zu schaffen. Im Wohnzimmer stapelten sie die Möbel übereinander. Als sie den Schrank hinaustrugen, sprangen, kurz vor der Schwelle, die Schranktüren auf, und aus seinem Inneren strömten Staub und der Geruch nach Mottenpulver, der sich im ganzen Zimmer ausbreitete.

Lina hatte währenddessen im Flur gewartet, mit einem Kuchen in der Hand, den sie nun hereintrug. Sie hatte den Kuchen selbst gebacken und in sein Inneres, zwischen die Sahne und den Biskuitteig, einen Kern ihrer berühmten Marmelade hineingespritzt. Sie stellte zuerst den Kuchen auf die Fensterbank. Dann öffnete sie das Fenster, pustete die dünne Staubschicht, die sich soeben auf die Kuchenglasur gelegt hatte, nach draußen und nahm Rita die Bettdecke weg. Rita lag mit nackten Beinen und schnaufend auf dem Rücken. Sie schaute starr nach oben, aber gab keine Widerworte, während Lina den Staub und das Mottenpulver aus der Bettdecke durch das geöffnete Fenster hinausschüttelte und dann, bevor sie das Fenster schloss, Rita wieder zudeckte.

Wenig später kamen wir ins Zimmer und nach und nach alle anderen. Lina stand direkt neben der Fensterbank, von der sie in regelmäßigen Abständen ein Kuchenstück nahm und es Rita in den Mund schob. Rita kaute mühsam und schluckte nach und nach die Kuchenmasse hinunter, während Lina ihr die Kuchenglasur und die Marmelade mit einer dunklen Stoffserviette aus den Mundwinkeln wischte. Krümel fielen neben das Kissen auf das Laken, und Marta oder meine Mutter kehrten sie auf ihre flache Hand und trugen sie dann an uns allen vorbei auf den Balkon. Gleich geht es los, sagte Marta dann. Die, die im Flur oder im Wohnzimmer gestanden und gewartet hatten, drängten sich nun auch ins Schlafzimmer. Sie murmelten entschuldigende Worte, wenn ihre Fußspitzen in die Fersen eines Vordermannes drückten oder sie den Ellenbogen zu weit zur Seite streckten.

Obwohl wir so viele waren, die wir im Halbkreis um das Bett standen, war es unglaublich kalt im Zimmer. Das muss so sein, raunte mir meine Schwester zu und pustete mir dabei ihren in der Kälte sichtbaren Atemhauch gegen die Wange. Wegen der Körpertemperatur. Tatsächlich hatte unsere Mutter Rita bereits die Bettdecke über die Knie geschoben, sodass ihre Füße und Waden unten herausschauten. Ihre Farbe und das durchscheinende Venenmuster erinnerten an Marmor. Marta trat jede Stunde an das linke Kopfende des Bettes, half Rita, ihren Oberkörper aufzurichten und betastete ihr dann die abkühlende Haut unter den Achseln. Am rechten Kopfende stand Lina und schob nun eines der vorletzten Kuchenstücke in Ritas halb geöffneten Mund.

Draußen wurde es langsam dunkel, und wir standen immer noch alle in Ritas Schlafzimmer und reichten Bleche mit Keksen und Nüssen herum. Seit Stunden hatte niemand mehr etwas gesagt. Man hörte nur das leise Kauen und Mahlen der Kekse und Nüsse zwischen unseren Zähnen und alle paar Sekunden ein Husten oder ein Röcheln aus Ritas Kehle. Als das letzte Kuchenstück verzehrt war, drehte sich Rita zur Seite und hob langsam die Hand. Sie bedeutete damit Marta, sich zu ihr herunterzubeugen. Und Marta beugte sich zu Rita hinunter. Rita flüsterte ihr etwas ins Ohr, und Marta wurde blass und trat zur Seite, und dann winkte Rita Lina zu sich. Sie flüsterte in ihr Ohr, und dann trat Lina zur Seite und Ronda heran, und nacheinander traten wir alle an Ritas Bett und hörten uns an, was sie uns zu sagen hatte. Manche befühlten dabei Ritas Puls, andere gaben sich sichtlich Mühe, gerade so nah an sie heranzutreten, dass sie ihre Worte verstehen konnten. Von hinten bewegte sich der Menschenstrom zu Ritas Bett, und schließlich stand ich neben ihr und beugte mich hinunter und spürte ihren kühlen Atem, wie er beim Sprechen in mein Ohr stach. Jede Silbe ein kleiner kalter Stoß. Trotzdem war es nicht unangenehm. Wenig später wurde ich auch schon vom Kopfende weg und zur Tür gedrängt und sah noch, wie der alte Rolmar vorne stand und Ritas Hand zwischen seinen beiden hielt.

Für jeden von uns hatte Rita eine Botschaft. Mir hatte sie gesagt, ich hätte gut daran getan, rechtzeitig auszuziehen. Dass ich bereits seit Monaten wieder hier lebte, schien Rita seltsamerweise nicht bemerkt zu haben. Meiner Schwester dagegen soll sie gesagt haben, er würde wiederkommen. Doch wahrscheinlich hat sie das nur erfunden, damit wir damit aufhören, ihr den Jungen auszureden. Sie will sich nur interessant machen, sagte Mutter später.

Nachdem alle an Ritas Bett getreten waren, kamen einige der Älteren, darunter auch Mutter und Lina und Marta, wieder ins Zimmer. Es waren nun nur noch Frauen im Raum. Und alle wussten, Rita würde nicht mehr sprechen. Jetzt galt es, ihre Körpertemperatur immer weiter abzusenken. Man hatte ihr die Decke weggezogen, und Mutter rieb ihren Körper und ihre Stirn mit einem Waschlappen ein, den sie in eine Schüssel mit kaltem Wasser tauchte. Zuvor hatte sie darin etwas aus jenem dunkelgrünen Fläschchen hineingeträufelt, das bei solchen Situationen immer zum Einsatz kam. Lina hatte Rita das Nachthemd ausgezogen, und Marta tastete in regelmäßigen Abständen Ritas Achselhöhlen ab. Rita hustete und röchelte immer seltener. Die wenigen, die noch im Zimmer standen, waren so dicht wie möglich zusammengerückt, auch, weil es sehr kalt geworden war; doch die drei Frauen am Bett schienen es kaum zu merken, nur Marta vielleicht, die Zeige- und Mittelfinger wieder kurz in Ritas Achselhöhle gelegt hatte. Sie musste nun schon Kühlschranktemperatur angenommen haben.

Es ist Zeit, sagte Marta dann, und obwohl sie ihre Lippen kaum bewegt hatte, waren ihre Worte bis zur hintersten Ecke des Raumes gedrungen. Lina nahm Ritas Kopfkissen und schüttelte es auf. Später verschränkte sie ihr die erkalteten Hände auf dem Bauch. Barfuß, die Schuhe in der Hand, um Ritas Schlaf nicht zu stören, gingen wir nacheinander aus dem Raum. Draußen war es dunkel geworden. Obwohl es erst Herbst war, hatten sich an den Fensterscheiben Eiskristalle gebildet.

Rausgehen, kurz vorher

In leeren Wohnungen hallen die Schritte lauter. Normalerweise.

Treppenhaus, Herbst

Im Treppenhaus wäre fast jemand über das schlafende Wesen gestolpert. Dunkel war es, einer knipste das Licht an, als er es atmen hörte auf den Treppenstufen. Ein Tier war es nicht, aber es hatte Laub und auch etwas Erde im Haar. Ein schlafendes Kind, das am Morgen noch an allen Türen geklingelt hatte. Spät war es nun geworden. Die Mutter war eine der Letzten, die aus der Wohnung kam. Morgen sehen wir uns das an, hinterm Haus, sagte sie mit Blick auf das Laub zu der Frau mit dem leeren Kuchenblech, bevor sie sich die Schuhe überstreifte und das Kind auf den Arm nahm.

1. *Stock, rechts: Der Spiegel*

Wenige Minuten nachdem Rita uns verließ und zu einem Zeitpunkt, als manche noch damit beschäftigt waren, ihre Schuhe zusammenzusuchen, und andere bereits in ihre eigene Wohnung zurückgekehrt waren, zerbrach plötzlich der Spiegel, der jahrelang auf Ritas Balkon gestanden hatte. Niemand bemerkte das Klirren, das doch ein sehr lautes gewesen sein muss.

Erst am nächsten Morgen stieß einer von den chronisch Schlaflosen in der Frühe auf die Scherben, die heruntergefallen waren und sich über die Straße verteilten. Sie glitzerten im Sonnenlicht.

Bell war es, die letztendlich die Scherben aufkehrte und in einer großen Plastiktüte wegtrug. Unter den chronisch Schlaflosen hatte niemand gewagt, sie fortzuräumen. Sie murmelten etwas von Unglück. Doch Bell ließ sich nicht stören. Sie wirkte beim Kehren etwas entgeistert, und ihre Schwester erzählte später, sie hätte nicht verstehen können, weshalb sie nichts gehört hatte, als der Spiegel zersprang.

Wie und weshalb er überhaupt zersprungen war, blieb ein großes Rätsel. Noch nicht einmal ein starker Wind hatte geweht, der etwas Schweres dagegen hätte fegen können, geschweige denn ein Sturm. Als hätte der Blitz eingeschlagen oder als hätte Ritas Spiegel plötzlich selbst entschieden, sich in unzählige Einzelteile aufzulösen, sagte einer der chronisch Schlaflosen, und zum ersten Mal sah Bell dabei in seinem Blick etwas Eigenes aufleuchten.

4. Stock, links: *Leere*

Ein letztes Mal betrat ich noch die Wohnung im Vierten. Ich weiß nicht, was ich mir davon erhoffte. Dich zu finden: wohl nicht mehr; eine Spur deiner Anwesenheit zu bemerken: vielleicht noch; mich von dir zu verabschieden: schon eher.

Zu viel Zeit war vergangen. Obwohl: Einen Funken Hoffnung hatten Ritas Worte schon geweckt. Aber das Gefühl, dich an diesem Tag dort zu finden, das hatte ich nicht, als ich die Stufen hinaufstieg.

Wie sie geguckt haben, als ich wiederholte, was Rita gesagt hatte. So spöttisch und mitleidig zugleich können nur meine Schwester und Nina gucken, wenn die beiden ihre Köpfe zusammenstecken. Es gibt ja Tage, da freue ich mich, dass sie wieder bei uns lebt, aber andere … Wenn du wüsstest, wie sie von dem Besuch spricht. Den Besuch, so nennt sie es, hängte es an die große Glocke, dabei hatte ich schon genug zu kämpfen, jedes Geräusch hörte ich und es dröhnte in meinem Kopf. Jedes noch so kleine. Es war unerträglich.

Manchmal frage ich mich, ob du weißt, was du angerichtet hast.

Weißt du es?

Nicht nur bei mir, auch bei den anderen. Bei dem Alten und Alis und bei deiner Mutter sowieso.

Fragst du dich manchmal, was wir gerade machen? Wenn du das überhaupt noch kannst, dich etwas fragen, ganz sicher bin ich mir da nicht.

Dein Bruder, er war hier, darum ging es ja bei diesem Besuch. Und mein Kopf dröhnte von den Schritten auf dem Teppich und dem Rascheln in der Keksdose und meine Mutter, die aus irgendeinem Grund meinte, sich die Haare trockenföhnen zu müssen, obwohl sie doch wusste, dass ich es in meinem Kopf kaum noch aushielt. Und dein Bruder saß bei uns auf dem Sofa und seine Hand griff in die Keksdose und in meinem Kopf nur Föhnrauschen und Rascheln und die Kekskrümel, wie sie auf der Tischplatte aufschlugen. Plock. Plock. Plock.

Dein Bruder nahm sich einen Keks, steckte ihn in den Mund. Kaute knirschend. Seine Hand legte er auf sein Knie und ich schaute sie an, seine Hand. Und einen Moment, ich hoffe, du verzeihst mir, wenn du irgendwann davon erfährst, ich weiß auch nicht, was in mich gefahren ist, einen Moment sah ich seine Hand und ich sah deine, die gleiche Form, die gleiche Art, sie abzustützen. Dann blickte ich in sein Gesicht und sah plötzlich deines. Das war dann der Moment, wo ich deinen Namen rufen wollte, aber nichts kam aus meinem Mund, nur leere Luftblasen. Fast wäre ich an ihnen erstickt. Kurz darauf ging er, und nach und nach ließ es nach, dieses Gefühl.

Der Besuch. Wie sie das betont. Dabei sind doch ständig irgendwelche Menschen bei uns, auch welche von den chronisch Schlaflosen manchmal. Sogar damals, als ich ihre schnatternden Stimmen kaum ertragen konnte. Aber nun ist es ja besser geworden mit den Geräuschen. Ich habe nicht mal gehört, wie Ritas Spiegel zersprang. So ganz kann ich mir das aber auch nicht erklären.

Die Tür im Vierten war auch dieses Mal nicht abgeschlossen. Vermutlich war sie es in all den Jahren nicht mehr gewesen. Eine Zeitlang hatte dein Vater davon gesprochen, dass er die Tür zumauern wollte. Hat sich in Rage geredet, auf das Pack geschimpft und die Schlaflosen gemeint, aber letztendlich ist auch er in seinem Fernsehsessel versunken und hat sich nicht mehr um diese Wohnung gekümmert. Immer noch lag eine dicke Staubschicht auf dem Boden, doch diesmal drückte sich das Profil meiner Schuhsohlen hinein und hinterließ dicke Schlieren auf dem Staubteppich. Mir war, als sei der Raum kleiner, als ich es in Erinnerung hatte. Was du dazu sagen würdest? Du kanntest ihn doch besser als irgendwer sonst.

Ich erinnerte mich noch, an welcher Stelle der Wand ich damals deine Narbe ertastet hatte und lief direkt dorthin, doch die Wände waren makellos. Vorsichtshalber schaute ich in jede Ecke und konnte doch nichts finden. Ich hätte gerne mit dir gesprochen, wortlos, aber ich konnte dich nicht spüren. Ich konnte nicht einmal deinen Atem hören, während ich hier saß und der Staub sich an meiner Strumpfhose festsetzte. Ich stand auf und versuchte ihn abzuklopfen. Hier hatte ich nichts mehr verloren.

Beim Hinuntergehen stützte ich mich am Treppengeländer ab und hatte plötzlich ein Stück des Handlaufs samt ein paar Sprossen in der Hand. Es hatte sich gelöst, kaum dass ich es berührt hatte. Was solls, sagte ich mir, denn ich werde nicht mehr dorthin zurückkehren, und wer sonst geht noch rauf in den Vierten, seit die Wohnungen dort leerstehen.

Treppenhaus, Winter

Die Stufen knarzen nicht mehr. Die Haarrisse haben sich aus dem Putz verzogen, zusammengezogen vor der Kälte. Wo ist das Quietschen des Geländers geblieben, das Klopfen, diese dumpfen Geräusche überall, wo sind sie hin? Lauschen muss ich und hör doch nichts. Was knarzt und knackt, das lebt noch, hätte Rita gesagt und ihre Hüfte gemeint. Doch was tut man mit denen, die nicht mehr leben?

2. Stock, rechts: Beisetzung

Mein größter Bruder sagt, in manchen Kulturen verbrennt man die Toten. Meistens in einem besonderen Ofen. Ganz früher haben sie Scheiterhaufen gebaut, die Toten darauf gelegt und angezündet.

Wenn ich vor dem Schlafengehen noch ganz hibbelig bin, gehe ich zu meinem größten Bruder ins Zimmer und sage, er soll von dem Buch erzählen, das auf seinem Schoß liegt. Mein Bruder sagt, Bücher für Ältere hätten mich nicht zu kümmern, aber wenn ich ihn frage, liest er mir trotzdem daraus vor.

Das Feuer löschte man mit Wein, liest er, die Asche der Verstorbenen kam in Urnen, die später in ein Steingrab versenkt wurden. Manchmal wird die Asche auch unter einem Baum verstreut oder ins Meer geworfen, sagt er. Ich frage meinen Bruder, ob auch Rita verbrannt worden ist, und ob es auch von ihrer Asche eine Urne gibt und ein Steingrab. Mein Bruder sagt nein, aber ich glaube, er weiß es eigentlich nicht so richtig, denn was sie stattdessen mit ihr gemacht haben, das hat er nicht gesagt.

Mein Bruder sagt, ich weiß zu wenig vom Feuer.

Feuer ist gefährlich, sagt mein Vater, und dass ich bloß die Finger davon lassen soll, sonst verbrenn ich mich noch, aber das sag ich meinem Bruder nicht.

Warum ich denn samstags so selten zu den anderen Kindern im Haus gehe, da würde ich doch was lernen über das Feuer, sagt mein Bruder. Und ich denke kurz nach, ob ich ihm das wirklich sagen soll, und dann sage ich, dass es mir Angst macht, wie es knackt, knistert und zischt, wenn Ato, Rott und Vina Sachen in die Grillpfanne werfen. Dass sie manchmal auch ihre Hände über das Feuer halten, sage ich nicht, aber vielleicht weiß er das schon. Ich glaube, früher war er selbst mal einer von den Kindern im Haus, bis er zu alt wurde für solche Spielchen, wie meine Mutter sagt.

Ich finde aber, es stimmt nicht, dass ich nichts weiß über das Feuer. Zum Beispiel weiß ich, dass Feuer reinigt und auch einen neuen Anfang bedeuten kann, das hat Rita mal gesagt. Aber ich bin mir nicht sicher, ob es stimmt, denn Rita hat hier nichts mehr zu sagen, hat mein Vater noch vor ein paar Tagen zu meiner Mutter gesagt. Da haben sie gestritten, aber genau hab ich nicht verstanden warum.

Einmal stand ich daneben, als Ato alte Fotofilme in die Pfanne geworfen hat. Ganz furchtbar gezischt haben die Flammen und oben kam schwarzer Rauch, wie ein Geist sah es aus und gestunken hat es auch. Danach war es aber schnell vorbei und es hat nur noch geknistert und ein bisschen geknackt.

In den letzten Tagen habe ich immer öfter so ein Zischen und dann ein Knacken gehört und ich weiß nicht, wo es herkommt. In meinem Zimmer höre ich das, im Bad und in der Küche auch. Ganz schnell geht es und dann ist es wieder vorbei. Ein bisschen macht mir das schon Angst. Aber am schlimmsten war es, als ich im Bad war und die Tür zugemacht habe und dann hat es gezischt und geknackt und ich wollte ganz schnell raus. Dann habe ich versucht, die Tür aufzumachen und der Türgriff ist abgesprungen und lag in meiner Hand und die Tür ging nicht mehr auf.

Geweint habe ich da und geschrien. Ich wusste ja nicht, was ich machen sollte. Die Tür ging einfach nicht mehr auf. Zum Glück hat mein Vater mich gehört und gegen die Tür getreten und da ging das Schloss kaputt und die Tür wieder auf.

Seitdem mein Vater die Tür eingetreten hat, ist dort, wo das Schloss war, ein Loch. Manchmal schaue ich durch dieses Loch, wenn jemand im Bad ist und niemand mich sieht. Denn durch dieses Loch kann man sehen, was der, der im Bad ist, gerade macht. Also nicht auf dem Klo, diese Ecke sieht man da nicht, sondern davor. Wenn meine Mutter aus der Dusche kommt, zum Beispiel, sich abtrocknet, und dann anfängt, Creme zu verteilen, auf ihrem Gesicht zuerst und dann auf den Ellenbogen und auf den Beinen.

Wenn meine Mutter aus der Dusche kommt, hat ihre Haut ganz viele rote Flecken. Mein größter Bruder sagt, das ist, weil sie sich schämt, wenn sie nichts anhat. Ich werde auch rot im Gesicht, wenn ich mich schäme. Als mich meine Mutter erwischt hat, wie ich durch das Loch geschaut habe, da bin ich rot geworden, und meine Mutter hat gesagt, ich darf nicht mehr hindurchschauen, weil das respektlos ist und überhaupt, auch nichts, was anständige Mädchen tun sollten.

Ich weiß nicht, ob ich ein anständiges Mädchen bin, denn manchmal sagt sie auch, ich würde so viele unanständige Wörter in den Mund nehmen. Aber ich finde, eigentlich braucht sich meine Mutter nicht zu schämen, denn wenn sie sich eincremt, sieht sie dabei so aus wie die Königin aus einem Film, den ich mal gesehen habe. Am Ende ist die Königin gestorben und ganz viele Menschen waren traurig, haben Blumen gebracht und auf den Sarg gelegt, in dem sie lag.

Eine Urne habe ich noch nie in einem Film gesehen und auch nicht in echt, deshalb erklärt mir mein größter Bruder, dass eine Urne so ähnlich aussieht wie eine Vase, nur mit Deckel darauf, denn sonst könnte die Asche wegfliegen. Und dass man so eine Urne auch einfach ins Regal stellen kann oder auf den Esstisch. Ich weiß nicht, ob ich so eine Urne im Wohnzimmer haben will. Aber wenn ich einmal tot bin, dann möchte ich ganz bestimmt nicht auf einen Scheiterhaufen.

Was er mir denn für gruselige Sachen erzählt und überhaupt, dass ich jetzt ins Bett muss, sagt meine Mutter zu meinem größten Bruder und nimmt mich mit in mein Zimmer. Weil sie Angst hat, dass wir verschwinden, wie mein anderer Bruder, wickelt sie vor dem Schlafengehen die Bettdecken ganz fest um unseren Körper und die Matratze. Ich kann mich kaum bewegen, und morgens muss meine Mutter immer hereinkommen und mich befreien, aber sie sagt, dass es zum Schlafen reicht, dass ich ihre Raupe bin und sie mich lieb hat. Sie beugt sich über mich und drückt mir einen Kuss auf die Stirn und dabei riecht ihre Nase nach Hautcreme.

Ich mache die Augen zu und höre, wie sie aus dem Zimmer geht und den Schlüssel in der Tür zweimal umdreht.

Und dann zischt und knackt es.

Rauch

Ronda lag schon im Bett, als sie plötzlich hochfuhr und anfing zu husten. Da wurde ihr bewusst, dass es in ihrem Schlafzimmer nach Rauch roch. Zunächst fragte sie sich, wo der Geruch hergekommen war, da es in ihrem Zimmer ja keine Fenster gab. Ronda dachte an die Kinder im Haus und an ihre Spiele, was sie einen Augenblick lang beruhigte. Die Kinder hatten wahrscheinlich einfach nur ein neues, besonders geruchsstarkes Verbrennobjekt entdeckt, dessen Rauch durch die Türritzen aus dem Treppenhaus hereingeströmt war. Bisher hatten die Kinder ja immer aufgepasst. Außer kleineren Brandwunden, auf die sie nachher immer besonders stolz waren, war noch nie etwas passiert. Kurz darauf hörte Ronda Sirenen und wie es an ihre Haustür trommelte und sie aufgefordert wurde, die Wohnung zu verlassen. Wie Rondas erster Gedanke dem Aquarium galt. Wie sie nach Decken suchte, mit denen sie es umwickeln konnte. Und wie sie kurz prüfte, ob es ihr gelang, das Aquarium anzuheben, ohne das Wasser auszukippen.

Bell hatte gerade den Ton des Fernsehers abgestellt und die Beine hochgelegt. Nur kurz darauf, vielleicht auch noch in der gleichen Minute, drückte beim Einatmen etwas auf ihre Brust, als hätte sich jemand daraufgesetzt. Ihre Augen begannen zu tränen und sie sah nichts mehr, schnappte nur noch nach Luft. Später hievte sie jemand auf seine Schulter und trug sie aus der Wohnung.

Wie Alis sich ihren Schlafanzug ausziehen wollte und die Schuhe an, die mit den grünen Schnallen. Und wie ihr Bruder sie auf den Arm nahm und lass doch rief, wir kommen doch gleich wieder.

Die Kinder im Haus huschten aus ihren jeweiligen Wohnungen hinaus und rutschten das Treppengeländer hinunter, während ihre Mütter sie zur Vorsicht ermahnten.

Wie eines der Kinder noch vorgeschlagen hatte, das Feuer für ihre Experimente zu nutzen. Sie könnten wieder hinaufgehen und zum ersten Mal Sachen verbrennen, die nicht in die Grillpfanne passten.

Die Mutter hatte dieses Kind am Ohr gepackt und es zügigen Schrittes alle Treppenstufen hinuntergezerrt. Das Kind gab dabei weder: Aua, du tust mir weh! noch einen anderen erwartbaren Schmerzens- oder Beschwerdelaut von sich. Verzog auch sonst keine Miene.

Wie Nina noch den Koffer packen wollte, für sich und Mo. Ein paar Stunden nur, ein paar Tage vielleicht, und welche Kleidungsstücke er für diese Tage am liebsten habe, wollte sie wissen. Und wie Nina dann, als sie mit Mo in den Aufzug steigen wollte, von fremden Männern daran gehindert wurde. Dann dachte sie, dass Mo und die beiden Koffer doch etwas zu schwer wären für die vielen Stufen.

Die chronisch Schlaflosen diskutierten darüber, wer wann im Treppenhaus geraucht hatte und seine Zigarettenstummel immer dort liegen ließ. Sie fingen an zu streiten, wo es denn losgegangen sein könnte, mit dem Rauch. Fuhren einander an und zogen sich an den Haaren und kamen zu dem Schluss, dass es oben gewesen sein müsste, im Vierten, wo denn sonst. Die Feuerwehrfrau, die zunächst allerhand damit zu tun hatte, die chronisch Schlaflosen mit Hilfe eines Megaphons und des Feuerlöschers auseinanderzutreiben, bestätigte das später.

Wie ein Nachbar sich unsicher war, ob er tatsächlich gesehen hatte, wie das Feuer begann oder ob er im Traum in einem Haus gewesen war, in dem es anfing zu brennen, als er aufwachte. Und wie es dann, als er aufwachte, tatsächlich im Haus brannte. Und wie der Mann daran denken musste, dass das Feuer in seinem Traum absichtlich gelegt worden war.

Bells Mutter dachte in dem Augenblick, als sie das Haus verließ, dass sie doch besser einen anderen Mantel übergeworfen hätte in der Eile. Und im nächsten Augenblick verwarf sie diesen Gedanken wieder. In ein paar Stunden würde man alles schon wieder in den Griff bekommen haben und sie wieder in ihren Betten liegen.

Wie Lina draußen auf dem Balkon stand, als der Rauch sich im Treppenhaus verteilte. Und wie sie hineinging, als sich Menschen unten versammelten und riefen, sie solle das Haus verlassen und in das Sprungtuch springen. Sie verschränkte die Arme vor der Brust, als es anfing, an ihre Tür zu hämmern. Flüsterte: Ihr Idioten, ich bleib doch hier, ich muss doch schauen, dass Don nichts passiert. Sie schrie es, ihr: ich bleib doch hier, als das Hämmern lauter wurde und die Rufe von unten durch die offene Balkontür. Schloss die Wohnungstür von innen ab. Ging dann wieder hinaus, setzte sich neben dem Baum auf den Balkonboden, und hielt ein feuchtes Taschentuch vor Nase und Mund.

Wie E., als er hörte, Lina wolle nicht herauskommen, eine überraschende Kreativität zeigte, was das Aufbrechen von Türschlössern angeht.

Hundert Arten, eine Tür aufzumachen

Den passenden Schlüssel im Schlüsselbund der Hausverwaltung heraussuchen, ihn ins Schloss stecken und umdrehen.

Panische Anrufe bei der Hausverwaltung tätigen, um ebendiesen Schlüsselbund aufzutreiben, was allerdings innerhalb so kurzer Zeit nicht möglich sein wird.

Bei den chronisch Schlaflosen nachfragen. Und bei den Rolmars. Und bei Bells Mutter. Vielleicht hat ja einer noch einen Zweitschlüssel.

Kurz daran denken, dass Rita möglicherweise einen gehabt hatte.

Die chronisch Schlaflosen anbrüllen, weil sie einfach nie in der Lage sind, hilfreiche Antworten zu geben und überhaupt ein egoistisches Pack, das nur den eigenen Hintern retten möchte.

Hintereinander alle Tricks ausprobieren, die man aus Filmen kennt: eine Kreditkarte durch den Türspalt ziehen, eine Haarklammer, die man von Marta Rolmar gereicht bekommt, als Haken nehmen und mit ihr versuchen, die Sperrstifte im Schloss in die gewünschte Position zu bringen. Fluchen, weil man dafür keine ruhige Hand besitzt.

Ein Blatt Zeitungspapier unter der Tür durchschieben. Mit etwas Glück steckt der Schlüssel noch innen im Schloss und kann durch ein paar gezielte Griffe hinausgedrückt werden.

Feststellen, dass selbst wenn der Schlüssel auf das Zeitungspapier fiele, der Spalt unter der Tür viel zu schmal ist, als dass man ihn hindurchziehen könnte.

Fluchen. Entscheiden, dass man absolut keine Geduld mehr für weitere solche Versuche besitzt.

Gegen die Tür treten. Drei feste Tritte, die die Tür jedoch nicht aus den Angeln heben, höchstens leichte Beulen im Holz hinterlassen.

Prüfen, ob irgendeine Möglichkeit besteht, die Tür aus den Angeln zu heben, obwohl sie zu ist.

Mit einem Hammer auf das Schloss schlagen.

Die Spitze eines Schraubenziehers hebelartig in den Türspalt klemmen und mit dem Hammer daraufschlagen.

Mehrfach fluchen und sich über die Dummheit derjenigen aufregen, die sich weigert, die Tür von innen aufzuschließen.

Überlegen, ob es mit gezielter Steuerung von Feuer gelingen könnte, das Türholz so weit aufzubrennen, dass man hindurch- und gleich darauf auch wieder hinausschlüpfen kann.

Sich fragen, wo denn die Kinder im Haus stecken, wenn man sie braucht.

Entscheiden, dass es allerhöchste Zeit wäre, das Haus zu verlassen. Und wer nicht mit möchte, dem sei eben nicht mehr zu helfen.

Der Feuerwehr lautstark erklären, dass es sich um einen Notfall handelt und sie um Hilfe bitten. Von einem der Feuerwehrleute zur Seite gedrängt werden.

Wenig später durch eine kaputte Tür eilen, sich nicht mehr aufhalten lassen und denken, dass viele Mühen hätten vermieden werden können, wenn man nur den richtigen Schlüssel zur Hand gehabt hätte.

Haus: Feuer

Manchmal brennen die Augen, wenn man zu lange ins Feuer starrt. Es gab eine Zeit, da hab ich mit ihnen vor der alten Grillpfanne gestanden, mit den Kindern, ich war die Älteste dort. Vor dem Kellereingang standen wir, atmeten den Rauch ein und starrten in die glühenden Kohlen. Manche hielten auch ihre Hände darüber. Manchmal starrte ich zu lange, dann brannten meine Augen danach, wie sie jetzt brennen, aber jetzt stehe ich vor unserem Haus und schaue direkt in die Flammen. Blinzeln sollte ich, viel Wasser trinken gegen das Brennen, aber eine Flasche habe ich nicht mitgenommen, als sie uns aus der Wohnung scheuchten. Es ging so schnell. Einen Pullover hab ich noch eingepackt und die Schuhe in der Hand – auf der Straße habe ich sie angezogen, aber das war es dann auch. Jetzt stehe ich auf der gegenüberliegenden Straßenseite, mit den anderen. Keinen Schritt weiter, hat die Feuerwehr gesagt, das wäre das Beste. Schon hier kann man die Hitze spüren, im Gesicht, die Wangen sind gerötet, es ist Winter und das Hemd ist verschwitzt, unser Haus brennt und die Augen auch.

Irgendwo oben soll es begonnen haben, das Feuer, weit weg von Kellereingang und Grillpfanne. Wie das geschehen konnte, hat man uns nicht gesagt. Nur, dass wir schnell raus sollten und ob alle zuhause wären. Der Rauch hatte uns schon vorher in der Nase gekitzelt. Wahrscheinlich finden sie die Ursache erst heraus, wenn alles vorüber ist.

Wir waren schnell draußen. Und Ronda schaffte es sogar, ihr Aquarium hinauszutragen. Vorsichtig ging sie, konnte die Treppe hinunter nicht sehen, wo die Stufen waren. Einer von der Feuerwehr hat sich an die Stirn getippt, aber nichts gesagt. Einige von oben haben aber ziemlich gehustet, als sie herauskamen. Nina trug Mo huckepack, und Mo hielt in jeder Hand ein Seidentuch, das er Nina und sich auf Mund und Nase presste. Auf der Straße wäre Nina dann fast über die Bordsteinkante gestolpert, so schwindelig war ihr.

Lina kam als Letzte heraus. Ihr Gesicht war rußverschmiert, herausgezerrt wurde sie vielmehr, von E., und einer sagte, E. sei nochmal zurückgegangen. Lina schlug mit den Armen um sich, Don sei noch nicht draußen, sagte sie, unter Tränen und Hustenanfällen, völlig aus der Puste, und ein Feuerwehrmann versperrte ihr den Weg zurück ins Haus. Einer von ihnen wollte noch mal zurückgehen, doch E. sagte, es wären schon alle draußen, und wir bestätigten das. Zählten zur Sicherheit noch einmal durch. Die Sieben war ich bei der ersten Zählung, die Zwölf bei der danach. Als ich nicht mehr aufpassen musste, habe ich wieder ins Feuer gestarrt.

Wir waren still. Das heißt, wir redeten nicht miteinander. Ein paar von den chronisch Schlaflosen schluchzten leise in die grauen Decken hinein, die sie aus den Rettungswagen bekommen hatten. Sie hatten die Augen weit aufgerissen und die Münder und Nasen unter der Decke versteckt. Wir hörten das Knistern und Rauschen des Feuers, Knacksen, wenn irgendetwas entzweibrach, die Wasserschwalle aus den Feuerwehrschläuchen, Sirenen in der Ferne.

Und Lina, die weinte und schrie, abwechselnd nach Don und nach dem Baum auf ihrem Balkon. Warum es denn nicht schneller ging, warum ihn denn keiner retten könne von diesen nutzlosen Feuerwehrleuten, und noch anderes, was ich hier nicht wiederholen möchte.

Don, rief sie, immer wieder Don. Während wir auf der gegenüberliegenden Straßenseite standen und sahen, wie die Flammen aus ihrer Wohnung durch das Fenster und auf den Balkon hinaus türmten, sich in den Baumstamm fraßen. Der Baum ging in Flammen auf, ein paar Minuten lang leuchtete er gelb und rot und auf die Straße fielen verkohlte Blätter mit gelben Feuerrändern, die erloschen, wenn sie aufkamen. Es war ein wirklich schöner Anblick, und ich ertappte mich bei dem Gedanken, dass es sich allein deshalb gelohnt hatte, dass unser Haus verbrannte. Dann brach der Stamm entzwei, und die ganze brennende Baumkrone fiel vom Balkon auf den Asphalt, wo sich sofort ein Schwall Wasser über sie ergoss. Don! Don!, Lina schluchzte und E. hatte seine Arme um ihren Körper geschlungen, hielt sie fest, während sie reglos die Flammen auf ihrem Balkon und auf der Straße beobachtete, dann wieder zu zittern und zu schluchzen anfing: Don! Don!, rief sie immer und immer wieder. Und wir wagten nicht, ihr zu sagen, dass ihr Mann, den sie nun so plötzlich zu vermissen schien, schon seit vielen Jahren fort war.

Der Tag danach

Die Menschen aus den umliegenden Häusern erzählten, sie seien morgens aufgewacht und der Tag habe gerochen wie nach einem großen Grillfest. Ein Grillfest, das plötzlich vom Regen unterbrochen worden war, wie ein Grill, auf den man zu früh Wasser geschüttet hätte, sodass die Asche zusammen mit einer Dampfwolke aufstob und sich in der Luft verteilte.

Es waren die Menschen aus den umliegenden Häusern und Menschen aus dem ganzen Viertel und darüber hinaus – manche aus einem Radius Dutzender Kilometer –, die an jenem Morgen aufgewacht waren und die Straßen und Balkone von feinem Aschestaub bedeckt vorfanden. Wir, die wir in den umliegenden Häusern und auch in der Schule untergekommen waren, hatten am Morgen die Fenster geöffnet, waren auf die Straße getreten und der Wind hatte uns den Aschestaub ins Gesicht geblasen, Aschefäden verfingen sich in unseren Wimpern und Haaren. Und wenn wir versuchten, die Asche von unserer Kleidung zu streichen, hinterließen unsere Finger schwarze Streifen auf dem Stoff.

Viele von uns hatten am Morgen nichts gegessen und waren gleich zu der Nummer 29 gelaufen. Allen voran die chronisch Schlaflosen.

Die Kinder im Haus hatten sich Aschebalken auf Wangen und Stirn gemalt. Auf ebenso schwarzen Fußsohlen schlüpften sie unter der Absperrung hindurch. Nur wenig später tauchten sie mit vollen Händen wieder auf, luden ihre Beute vor den Älteren ab und machten sich erneut auf den Weg. Ob denn keine Einsturzgefahr bestehe, hatte der alte Rolmar mit einem besorgten Blick auf das Skelett des Dachstuhls gefragt und nur in die verständnislosen Gesichter der Schlaflosen geblickt, die schon eifrig damit beschäftigt waren, die geborgenen Güter zu sichten: Geschirr hatten die Kinder mitgebracht, Suppenteller und Kochtöpfe, Silberlöffel und Edelstahlmesser, einen Lampenschirm aus Messing und eine Toilettenschüssel. In einer Wanne wurden die Gegenstände mit in Fettlösemittel getränkten Schwämmen abgeschrubbt, dann poliert und in Zeitungspapier gewickelt, bevor die chronisch Schlaflosen sich daran machten, alles in Kisten zu packen.

Nach und nach waren immer mehr von uns eingetroffen. Ein paar hatten sich in der Nachbarschaft den Ruß von der Haut abduschen können, trugen etwas zu große Pullover. Andere hatten die Spuren und den Geruch des Feuers noch an sich. Geweitete Münder und gerötete Augen.

Auch die Kinder waren nun fast alle vor das Haus getreten. Die chronisch Schlaflosen küssten sie auf ihre kriegsbemalte Stirn und schlossen die letzten Kartons.

Straßennamen lagen in der Luft, manche sprachen von anderen Städten oder einer Zeit auf dem Land. Und wenn das Gemurmel zu verstummen drohte, war da immer einer, der anfing zu zählen oder einen Witz machte. Und dann lachten wir, zögerlich zwar, aber immerhin.

Das Kind

Später betritt ein Kind, fragt mich nicht welches, das zerstörte Gebäude. Es ist etwas kleiner als die anderen Kinder, die noch die letzten Schätze aus dem Haus geborgen haben. Niemand beachtet dieses Kind und sieht, wie es unter dem Absperrband hindurch und in das Haus hineinschlüpft.

Dunkel ist es im Treppenhaus, ein Teil der Stufen fehlt und eine Rußschicht liegt auf den Wänden. Doch das Kind ist Dunkelheit gewöhnt. Es spaziert durch verlassene Räume und bleibt schließlich in einem Raum stehen. Es hebt ein leeres Schneckenhaus vom Boden auf. Das Kind ist müde. Es setzt sich hin. Und wenn die anderen Kinder später ein letztes Mal hineingehen, um das Kind zu suchen, wird es verschwunden sein.

Farbfilter

Der Brand war überstanden, und nun versammelten wir uns alle vor den Resten unseres Hauses, suchten den Nachbarn mit den Augen, zählten, ob wir alle da waren. Etwas abseits saß Lina auf einem Bordstein und schaute hinauf, dorthin, wo bis vor Kurzem noch ihre Wohnung, wo ihr Balkon gewesen war. Über Nacht hatten die Ringe unter ihren Augen die schwarzkohlige Farbe der Gemäuer angenommen.

Sind wir vollzählig?

Ja, wir sind alle heil geblieben.

Ein paar sahen zu Lina hinüber.

Oder?

Fehlt noch jemand?

Die Morans. Was ist mit den Morans?, riefen die Mitglieder von Maias Familie im Chor.

Morans?

Wer sind denn die Morans?

Eine Souterrainwohnung? Ich wusste gar nicht, dass wir …

Tatsächlich, riefen manche.

Und: Mit den Morans, ja, da war doch mal was.

Auch die, die sich noch an sie erinnerten, konnten nicht mit Sicherheit sagen, ob die Morans noch hier lebten oder längst ausgezogen waren. Aber verabschiedet hätten sie sich jedenfalls nicht.

Der Brand hatte in den oberen Geschossen begonnen, und der Keller war vom Feuer nahezu verschont geblieben. Nun galt es nach der Souterrainwohnung und den Morans zu sehen, wenn sie denn noch dort lebten.

Als wir vor der Tür standen, jener unscheinbaren Holztür mit Aluminiumgriff, die in die Souterrainwohnung führte, wunderten wir uns doch, dass sie uns bisher nie aufgefallen war. Klingelschild und auch eine Klingel gab es wohl nicht. Mit den Fingerknöcheln klopfte ich an das Holz, zunächst leise, dann ein bisschen lauter. Hallo? Jemand zu Hause? Keine Antwort. Kurz dachte ich an die rostbraune Tür, vor der ich einst gestanden hatte. Langsam drückte ich die Klinke herunter; die Tür schien nicht abgeschlossen zu sein, sie ließ sich problem- und auch lautlos öffnen und plötzlich standen wir in völliger Dunkelheit. Selbst das schwache Sonnenlicht aus dem Flur vermochte diese absolute Schwärze nicht zu durchdringen.

Die Luft in der Souterrainwohnung war stickig wie in einem lange ungeöffneten Schrank. Aber sie war nicht verraucht. Wir warteten, bis sich unsere Augen an die Dunkelheit gewöhnt hatten. Kerzen waren uns seit dem Feuer eher unheimlich, und davon abgesehen, dass keine Glühbirnen vorhanden waren, hätten wir es als unhöflich empfunden, gleich das Licht anzumachen in einer Wohnung, deren Bewohner und ihre Augen nicht mehr an Licht gewöhnt waren. Wir blickten in das Schwarz, in die Wohnung, erkannten langsam die Schemen einiger Möbelstücke. Einer zog eine kleine Taschenlampe hervor und suchte mit ihr das Zimmer ab. Wir riefen die Namen der Morans, riefen Carla, riefen Bert, erhielten keine Antwort.

Mit der Taschenlampe leuchteten wir in alle Ecken, konnten aber keine Spur einer menschlichen Präsenz entdecken und beschlossen, die dicken Vorhänge ein wenig zu öffnen. Nur so weit, dass wir uns besser umsehen konnten. Die Vorhänge wurden also aufgezogen, der erste Sonnenstrahl seit Jahren fiel in das Wohnzimmer der Morans und wir blinzelten ins Licht.

Das Wohnzimmer der Morans hatte auch bei Licht etwas Dämmriges. Keines der Möbelstücke stand frei; es schien, als stünden sie gerade nur so weit voneinander weg, dass jemand nicht allzu Korpulentes zwischen ihnen hindurchgehen konnte. Wo immer man im Raum stand, das nächste Einrichtungsstück war selten mehr als eine Unterarmlänge von einem entfernt.

Auf der linken Seite kam, wenn man die Tür aufmachte, sofort die Wand. Der innere Türgriff war mit Filz umwickelt, damit er nicht dagegen stieß. Auf dem Boden dämpfte ein dicker Teppich die Schritte. Rechts von der Tür ragte ein stämmiger Schrank etwa einen halben

Meter in den Raum hinein. Seine Türen waren abgeschlossen. Der Schlüssel fehlte.

Die rechte Wand war mit schweren, blickdichten dunkelbraunen Vorhängen verhangen. Dahinter, im oberen Teil, kleine, rechteckige Fenster mit Gittern zur Straße hin. Als wir die Vorhänge aufgezogen hatten, war einer von uns an den Heizkörper gestoßen. Er hatte ein paar Sekunden gewackelt und die Schwingungen auf die Heizungsrohre übertragen, die dann an manchen Stellen gegen die Wand geschlagen hatten.

Die Mitte des Raumes nahm eine Sitzgruppe ein, die sich um einen Couchtisch scharte. Oben eine Glasplatte: staubfrei, wie frisch geputzt. Darauf ein runder Aschenbecher aus grünem Glas, noch mit Zigarettenstummeln darin, ein umgekippter lederner Würfelbecher, neben dem zwei übergroße Würfel aus Holz lagen, beide mit der Vier nach oben, ein zerknülltes Staubtuch, dessen ursprünglich gelbe Farbe kaum mehr zu erkennen war, ein leeres Glas, ein ungespitzter Bleistift mittlerer Härte. Irgendetwas irritierte mich an diesem Tisch, doch ich konnte nicht sagen, was es war.

Die Wände des Zimmers waren glatt in einem dumpfen, schmutzigen Weiß gestrichen, das vielleicht durch das fehlende Licht, vielleicht auch durch die vielen Schatten auf den ersten Blick eher gräulich wirkte. Es gab keine Bilder, Poster oder sonstige dekorative Gegenstände. Von der niedrigen Decke hing etwa in der Mitte des Raumes ein kurzes schwarzes Kabel mit leerer Fassung.

Ich blieb im Wohnzimmer, während ein paar andere weitergingen: in die Küche – in der sich kein Kühlschrank befand, aber in einem Korb noch etwas frisches Brot und Gemüse –, und ins Schlafzimmer. Auch hier konnten sie weder Carla noch Bert entdecken. Doch einer öffnete den Kleiderschrank, fand Carlas marineblauen Mantel und einige Pullover, etwas weiter unten einen Schuhkarton.

Sie riefen mich zu sich, aufgeregt, das solle ich mir mal anschauen. In dem Karton waren Fotos und auch ein paar Umschläge mit Negativen. Die meisten Bilder schwarzweiß, ein paar auch in Farbe. Es waren Fotos von den Menschen, die wir kannten, Momente aus dem Leben im Haus der letzten Jahre. Eines von Tom war da, wie er sich im Aufzug rasierte, das Gesicht voller Schaum. Eines von Lina, wie sie sich, eine Schürze um die Hüften, über das Balkongeländer beugte und offenbar jemandem auf der Straße zuwinkte, im Hintergrund ihr Baum. Eines von Maia mit erdverschmiertem Gesicht, eines von Ritas klarblauem Blick auf ihrem Sterbebett, eines von einem Auge, das durch ein Loch in einer Wand schielte, eines von Mo, wie er die Beine aus dem Schrank streckte, eines von Bell und Toni als Kinder auf der Treppe spielend, eines von den Kindern im Haus, die beim letzten Grillfest auf die glühenden Kohlen unter den Würsten blickten. Es gab auch Bilder von Menschen, die wir nicht kannten oder an die wir uns nicht erinnern konnten. Jeder von uns fand sich auf dem einen oder anderen Bild wieder. Wir erkannten die Situationen, in denen die Fotos aufgenommen worden waren, aber konnten uns nicht erinnern, dass je einer der Morans diese Momente mit uns geteilt hätte. Auf keinem der Bilder, die wir durchsahen, erkannten wir die Morans selbst.

Wir trugen den Karton hinaus und schlossen die Tür. Während die anderen noch überlegten, was sie mit den Bildern anfangen sollten, ob es besser war, sie in der Souterrainwohnung zu lassen – die Morans könnten ja wiederkommen – oder sie mitzunehmen und vielleicht einen Zettel zu hinterlassen, hatte ich unbemerkt eines der Fotos aus dem Karton genommen und in meine Tasche gesteckt. Als ich mich unbeobachtet fühlte, zog ich es hervor. Es zeigte die Fassade des Hauses und konnte nicht besonders alt sein. Auf Linas Balkon sah man den Baum, fast schon so groß, wie er zuletzt gewesen war und beinahe kahl. Den langen Riss in der Hauswand direkt darunter sah ich auf dem Foto zum ersten Mal. Ich schaute abwechselnd auf das Bild und auf die Reste der Nummer 29. Irgendetwas war anders und das lag nicht nur an dem Brand. Das Bild wirkte wirklicher als dieser Augenblick, in dem ich vor dem verbrannten Haus stand, und gleichzeitig, als entstamme es einer völlig anderen Zeit. Die Umgebung sah so fremd aus, die ganze Atmosphäre, das Licht und die Luft hatten eine ganz andere Farbe, obwohl die Tages- und Jahreszeit in etwa die gleiche sein musste. Als hätte man einen Farbfilter über unser Haus und unser Viertel gelegt. Vielleicht kam es durch das Feuer, vielleicht auch schon früher. Wem wäre es auch aufgefallen.

Ich warf noch einen letzten Blick auf unser verbranntes Haus, hatte plötzlich das Gefühl, nicht mehr kalten Rauch zu riechen, sondern Katzenpisse. Was war das immer nur mit den Katzen, es hatte doch nie welche im Haus gegeben. Aber wenn wir welche gehabt hätten, wären sie nun dort geblieben, zwischen den verkohlten Mauerresten. Die Hunde hätten wir mitgenommen, aber die Katzen, die Katzen gehören zum Haus und bleiben bis zum Schluss.

Ich lief die Straße hinunter und drehte mich nicht mehr um. Verabschiedete mich auch nicht von den anderen. Erfuhr nie, was sie mit den Fotos gemacht hatten.

Am Abend erst wurde mir bewusst, was mich an dem Couchtisch so irritiert hatte: Im Aschenbecher war eine noch glimmende Zigarette gewesen. Aber nun war es schon zu spät, um zurückzugehen. Wir alle hatten das Viertel bereits verlassen, und es sollten Jahre vergehen, ehe jemand von uns dorthin zurückkehren würde.

In einer anderen Stadt

Ich wohnte längst in einem anderen Haus in einer anderen Stadt. Es waren wohl Jahre vergangen, da fand ich das Foto wieder. Es zeigte die Fassade des Hauses, in dem ich einmal gewohnt hatte. In einer Metalldose hatte es gelegen, in der ich Kerzen und Streichhölzer aufbewahrte. Ich wusste nicht mehr, warum ich es dort hineingelegt hatte.

Es wirkte anders, als ich es in Erinnerung hatte. Als hätte sich ein Grauschleier über das Bild gelegt. Vielleicht war es keine gute Idee gewesen, es in die Dose zu tun. Aber konnte es sein, dass der Baum auf dem Foto größer wirkte als damals, als ich es zuerst betrachtet hatte? Ich blinzelte und seine Blätter – es waren wenige, aber doch mehr, als ich in Erinnerung hatte – schienen sich zu bewegen. Ich öffnete die Augen wieder. Die Blätter rührten sich nicht. Ich schloss die Augen erneut und hörte plötzlich das Rascheln des Laubs im Wind, das Knacken und Knistern des Feuers. Eine Frauenstimme, die sang. Und Rita. Ihre Worte.

Ich dachte an die Worte, die Rita mir ins Ohr geflüstert hatte, als wir Abschied nahmen. Schon damals war ich aus ihnen nicht schlau geworden und hatte mich gefragt, ob ich der Einzige war, dem es so ging oder ob die anderen nur so taten, als hätte Rita die Weisheit aus ihrem Frühstücksei gelöffelt und könne einem mit diesen wirren Phrasen irgendwie weiterhelfen. Nachdem ich hinausgegangen war, waren nur noch die Frauen im Raum geblieben und niemand hatte mehr ein Wort verloren über das, was in Ritas Zimmer geschehen war und gleich geschehen würde. Später zogen wir alle unsere Schuhe an und gingen in unsere Wohnungen zurück. Ich habe keine Ahnung, ob sich noch jemand um Ritas Körper kümmerte und was danach mit ihr passiert war. Ob Rita ein Grab bekommen hatte, ein richtiges auf einem Friedhof, eines, das man besuchen konnte. An ein Begräbnis jedenfalls konnte ich mich nicht erinnern. Kurz darauf war schon der Brand gewesen. Hatte man jemals herausgefunden, wie er entstanden war?

Ich überlegte, wen ich fragen könnte. Wen ich noch kannte aus dieser Zeit. Verwarf den Gedanken wieder. Ich hatte nicht mehr zurückgeschaut damals. Und nun. Sollte ich wirklich versuchen, jemanden, der auch in dem Haus mit der Nummer 29 gewohnt hatte, ausfindig zu machen?

Plötzlich ging das Licht aus und alles war dunkel. Instinktiv tastete ich nach einer Kerze.

Anmerkungen

Einige Textpassagen dieses Romans sind ursprünglich aus Pastiches entstanden. Als stilistische Vorlagen dienten:

Der Schlussmonolog in James Joyce: *Ulysses* (Übersetzung von Hans Wollschläger) für *Treppenhaus, Unfall.*

Jenny Erpenbeck: *Geschichte vom alten Kind* für *Straße, Asphalt.*

Aglaja Veteranyi: *Warum das Kind in der Polenta kocht* für *Der Tag, an dem Rita starb.*

Julio Cortázar: *Die Phasen von Severo* (Erzählung aus dem Band *Oktaeder* in der Übersetzung von Rudolf Wittkopf) für *Ritas Worte.*

Die Beschreibung des Raumes in *Farbfilter* ist inspiriert von vielen Raumbeschreibungen in: Georges Perec: *Das Leben. Gebrauchsanweisung* (Übersetzung von Eugen Helmlé).

Viele andere Passagen sind vermutlich auf weit unbewusstere Art durch diverse Lektüren beeinflusst worden.

Maias Löcher/Maias Abschied, Blütezeit und *Geister* wurden in einer vorherigen Fassung bereits unter dem Titel *Drei Räume* veröffentlicht in: *Landpartie 2011. Die literarische Jahresanthologie des Hildesheimer Studiengangs Kreatives Schreiben und Kulturjournalismus*, Hildesheim, 2011.

Stromausfall wurde bereits veröffentlicht in: *Sachen mit Woertern* H. 5/2015.

Dank

an alle Mitstreiter*innen und Unterstützer*innen, die mit konstruktivem Feedback, Anregungen und ermutigenden Worten in irgendeiner Form zur Entwicklung dieses Textes beigetragen haben.

Für ihr besonderes Engagement danken möchte ich: dem Team der Agentur Michael Gaeb und ganz besonders Elisabeth Botros, die das Manuskript aus der Schublade lockte, meiner Lektorin Annette Wassermann und dem gesamten Verlag Klaus Wagenbach, meinen Eltern.

Der Kulturstiftung des Landes Schleswig-Holstein danke ich für finanzielle Entlastung in Form eines Arbeitsstipendiums

Sollte diese Publikation Links auf Webseiten Dritter enthalten, so übernehmen wir für deren Inhalte keine Haftung, da wir uns diese nicht zu eigen machen, sondern lediglich auf deren Stand zum Zeitpunkt der Erstveröffentlichung verweisen.

MIX
Papier aus verantwortungsvollen Quellen
FSC® C014496

Verlagsgruppe Random House FSC® N001967

1. Auflage
Genehmigte Taschenbuchausgabe Januar 2019
btb Verlag in der Verlagsgruppe Random House GmbH,
Neumarkter Straße 28, 81673 München
Genehmigte Taschenbuchausgabe Januar 2019

Covergestaltung: semper smile, München
nach einem Entwurf von Julie August unter Verwendung einer Fotografie © glowimages/ imagebroker/Ingeborg Knol
Druck und Einband: GGP Media GmbH, Pößneck
SK · Herstellung: sc
Printed in Germany
ISBN 978-3-442-71684-5

www.btb-verlag.de
www.facebook.com/btbverlag

Gebunden mit Schutzumschlag
176 Seiten. 20,– €
ISBN 978 3 8031 3292 5
Auch als E-Book erhältlich

Endlich Zeit. Er könnte nun das alte Radio reparieren oder die Plattensammlung ordnen. Doch als er der jungen Mie begegnet, die ihm ein seltsames Angebot macht, beginnt er die Dinge anders zu sehen. Ein zarter Roman über einen späten Neuanfang und über das Glück.

»Ein diskret entwaffnendes Buch.«
Markus Clauer, Die Zeit

»Ernsthaft, hintersinnig komisch und von ort- wie zeitloser Eleganz.«
Britta Heidemann, Westdeutsche Allgemeine Zeitung

Wagenbach
www.wagenbach.de